LE PARADIS
TERRESTRE,
POEME
IMITÉ DE MILTON

Par Madame D. B. ***

Ouvrage enrichi de Figures en Taille-douce.

A LONDRES.

M. DCC. XLVIII.

A MESSIEURS

DE

L'ACADEMIE

DE

ROUEN

*M*ESSIEURS,

Le suffrage que vous avez bien voulu accorder à mon premier essai m'a encouragée à finir & à vous présenter cet ouvrage que je n'avois commencé que pour mon amusement.

Entraînée par le désir de plaire à ma Nation en me conformant à son goût, je n'ai point craint le reproche que me feront les Anglois sur les change-mens que j'ai osé faire à un Poëme qu'ils ont en vénération. *Malgré l'admiration que tous les siécles ont eue pour l'Iliade, plusieurs Critiques y ont trouvé des répétitions, & de trop longs détails : les François ont cru voir les mêmes défauts dans le Paradis Perdu; & M. Pope, quoiqu'Admirateur des grandes beautés de cet Ouvrage, a eu la hardiesse de s'exprimer ainsi en parlant de l'Auteur :* « *Tantôt le* » *Ciel n'est pas assez vaste pour contenir l'étendue* » *du vol de Milton, tantôt tombant dans le style pro-* » *saïque, il rampe comme un Serpent : quelquefois il* » *met dans la bouche des Anges des pointes & des* » *jeux de mots, & fait de Dieu le Pere un Théolo-* » *gien Scholastique.* » * *Sur cette autorité, j'ai*

* Milton strong pinion now not heaven can bound
Now Serpent like in proze he sweeps the grovnd
In quibbles Angel and Archangel join
And god the father turns a school divine.

beaucoup abbrégé le récit du combat des Anges, dont les peintures m'ont paru trop fortes pour être rendües par mes foibles crayons ; & j'ai crû pouvoir retrancher comme étrangères au sujet , les comparaisons prises de la Fable ; les jeux des Diables dans les Enfers , & plusieurs autres morceaux qu'il seroit inutile de détailler. Si je me suis trompée dans mon choix, & dans le plan que je me suis proposé, l'exposition de mes raisons & de mon dessein, ne me justifiroit pas : c'est au Lecteur à me juger par mon ouvrage. J'ai voulu réduire en petit un grand & sublime tableau. Souvent en diminuant & en rapprochant les traits, on les affoiblit : les proportions se perdent, & on manque la ressemblance. Si j'ai réussi à rassembler sous un point de vûe agréable l'intérêt & les graces que l'Auteur a répandus sur la félicité & sur les malheurs d'Adam & d'Eve dans le Paradis Terrestre, j'aurai rempli mon projet. Je ne prétends point donner une idée complette de la vaste étendue du génie de Milton. Les personnes qui ne sçavent point l'Anglois, en prendront une connoissance plus exacte dans l'élégante Traduction de M. Dupré de S. Maur.

Je serai bien flattée, Messieurs, si ce Poëme peut encore me mériter votre approbation : j'ai l'honneur d'être,

MESSIEURS,

Votre très-humble, & très-
obéissante servante, D. B.

LE PARADIS

A
MILTON.

Í mes foibles accents, jufqu'au Royaume fombre,
Homère des Anglois, peuvent toucher ton ombre,
Sois fenfible à l'amour qu'infpirent tes écrits.
Le défir de te fuivre enflamme mes Efprits ;
Mon ame croît fentir le beau feu qui t'anime.
Je m'égare peut-être en cet effor fublime :
Ah ! pardonne à mes traits, s'ils terniffent les tiens :
Comme un Dieu, pour tribut, reçois tes propres biens.

A

ARGUMENT
DU
PREMIER CHANT.

DEscription des Enfers placés au fond des abîmes du ca-hos. Satan est représenté au milieu des Anges rébel-les dans l'instant qu'ils viennent d'y être plongés. Ils proposent divers moyens de se venger du Ciel. Pour y parvenir, Satan entre-prend seul de conquérir un monde qui doit naître, & de perdre l'homme. Le Péché & la Mort qui gardoient les portes de l'En-fer, les lui ouvrent séduits par ses promesses : il traverse l'Empire de la nuit, & parvient au Globe du Soleil : il y rencontre Uriel chargé d'y présider. Cet Ange trompé par l'Imposteur, lui montre le Globe de la Terre. Satan y vôle : à ses mouve-mens furieux, Uriel le reconnoît pour un des Anges rébelles, & veille sur ses démarches.

LE PARADIS
TERRESTRE.

PREMIER CHANT.

 Ageſſe, don du Ciel, ſoutiens mon harmonie :

Je chante du Très-haut la puiſſance infinie.

Dis comment ſa parole enfanta l'Univers :

Prête-moi tes couleurs pour peindre dans mes vers

A ij

Le fort du premier Homme en des lieux de délices :

De son fier ennemi, dis-moi les artifices.

Quels funestes récits ! O Mortels, écoutez,

Apprenez le destin des Anges révoltés,

L'Eternel les plongea dans l'infernal abîme :

Le Remords dans ce gouffre est toujours près du crime,

La Paix n'habite point ce séjour odieux,

L'espoir en est banni, lui qu'on trouve en tous lieux.

Dans les feux y gémit la douleur renaissante :

Ici la vie expire, & la mort est vivante.

Satan tombé du Ciel en ces fleuves brûlans,

Soûléve avec effort les flots étincelans,

Et son énorme corps armé pour la vengeance,

En sortant de ce gouffre y laisse un vuide immense ;

Son front cicatrisé par le foudre vengeur

De son premier éclat a perdu la splendeur.

Tel paroît le Soleil à travers un nuage,

Ou lorſqu'à ſes rayons dérobant le paſſage,

La Lune eſt entre nous & l'aſtre lumineux.

D'un vol appeſanti dans les airs ſulphureux,

Le rébelle entouré de feux & de fumée

S'arrêtant au ſommet d'une roche enflammée :

Quoi ! ceſt donc-là, dit-il, mon éternel ſéjour !

Ne reverrai-je plus la lumiére du jour ?

De ces feux ſouterrains les flammes ténébreuſes

Offrent tous les objets ſous des formes affreuſes.

Mais du moins dans l'horreur de ce monde infernal,

Je ne découvre point mon trop heureux rival.

Que d'Eſprits je retrouve à ma fureur fidéles !

Cette onde a moins d'écueils, ces feux moins d'étincelles.

Trois fois j'aurois franchi l'immenſité des Cieux,

Depuis que nous roulons dans ce gouffre odieux ;

Y verrai-je à jamais s'abîmer mes phalanges !

Levez-vous, leur dit-il, ſuivez le chef des Anges ;

Que d'un bonheur paſſé perdant le ſouvenir,

l'efpoir tienne nos yeux fixés fur l'avenir.

La conftance & le tems plus puiffans que les flammes

Rendront un jour ce feu l'élément de nos ames :

Suivez-moi : fans gémir, fupportons nos tourmens,

Et d'un Thrône en ces lieux jettons les fondemens.

Votre choix m'a remis l'autorité fuprême ;

Qui pourroit m'envier ce brûlant Diadême ?

La jaloufie expire à l'afpect des malheurs,

Le bonheur feul l'excite, & défunit les cœurs :

La concorde rendra cet Empire invincible ;

Quel pouvoir foumettroit notre Efprit inflexible ?

En moi-même je puis par des efforts divers,

Faire un Ciel de l'Enfer, ou des Cieux les Enfers.

Loin des coups du Tyran, nous en bravons l'atteinte ;

Ici fans l'admirer nous regnerons fans crainte :

Il dit : le fier Moloc impétueux Géant

Préférant au repos les horreurs du Néant,

Saifi de défefpoir, infpiré par la haine,

Se dégage des feux, & dévorant fa chaîne

Fait entendre ces mots : que plûtôt la fureur

De vos fens accablés rappelle la vigueur,

Banniffez les regrets, la foupleffe, & la rufe,

A tout déguifement mon orgueil fe refufe.

Brifons nos fers, fortons de ces horribles lieux :

Ofons à force ouverte efcalader les Cieux :

Leur Monarque fur nous épuifa fon Tonnerre,

Saififfons cet inftant pour rallumer la guerre,

Lançons à notre tour contre ce Dieu jaloux

Les foudres & les feux qu'il a lancés fur nous,

Que les débris du Ciel rempliffant ces abîmes,

Portent au Firmament nos Guerriers magnanimes.

Qui peut, dit Belzébut, en forcer les remparts ?

Pour changer notre fort, tentons d'autres hazards.

Voici le tems prédit où du Néant doit naître

Un Univers foumis aux Loix du premier Etre ;
Par force ou par adreffe envahiffant ces lieux,
Armons leurs habitans contre un Maître odieux.
Sa main a dû former de nouvelles fubftances,
Des Etres moins parfaits que nos pures effences,
En détruifant l'ouvrage outrageons fon auteur.
L'efpoir de nous venger charme déja mon cœur ;
De l'efpace inconnu perçons le vuide immenfe. ...
Ce projet vous furprend. Tous gardent le filence !
A vous déterminer ne perdez point d'inftans....
Qui voudra fe charger de ces foins importans ?
Moi feul, reprit Satan, en cherchant des victimes
J'oferai de la nuit traverfer les abîmes :
Efprits qui m'écoutez, approuvez-vous mon choix ?

Le Confeil infernal applaudit à fa voix,
Et par un bruit femblable à celui du Tonnerre
Qui de loin dans la nue épouvante la terre,

Pour la premiére fois, fur ces lugubres bords,
On entend de la joie éclater les tranfports.

Rempli de fes projets, le Prince des Ténébres
Vole, arrive aux confins des Royaumes funébres :
Aux portes des Enfers foudain il vient s'offrir ;
Deux Monftres les gardoient, chargés de les ouvrir ;
Il ofe en faifir un d'une main menaçante :
Crois-tu me retenir en ta prifon brûlante ?
Quel eft donc, lui dit-il, ton nom & ton emploi ?
Tu revois dans mes traits un fils digne de toi,
Reconnois le Péché ; je fuis ce monftre horrible,
Qui fortit de tes flancs dans le moment terrible,
Où ton ame conçut l'efpoir ébloüiffant,
De braver dans les Cieux les Loix du Tout-puiffant,
Son foudre le vengea : tu devins fa victime :
Avec ta troupe & toi, je tombai dans l'abîme,
La clef de ces remparts fut remife en mes mains :

Bientôt cet autre Monstre, enfant des noirs destins,
En sortant de mon sein effraya la Nature ;
C'est la mort, le Vautour de toute créature,
Dieu seul peut éviter ses traits empoisonnés.

Compagnons de mon sort, enfans infortunés,
Reprit le séducteur, je viens briser vos chaînes,
De mes tristes Etats j'abandonne les rênes,
Pour regner avec vous dans un séjour heureux ;
Tout y satisfera votre haine & vos vœux,
Les Monstres à ces mots prennent les clefs fatales,
Font gémir sur les gonds les portes infernales,
Et percent avec lui l'abîme de la nuit.
Le profond labyrinthe où l'espoir les conduit,
Du ténébreux cahos reconnoissoit l'Empire :
Dans le trouble & l'effroi que la discorde inspire,
Guidé par le hazard Ministre du cahos,
Forçant les Elémens, accablé de travaux,

Egaré mille fois dans fa vafte carriére,

Satan voit luire enfin une foible lumiére ;

Il la fuit, & fon cœur goûte le doux tranfport

Qu'on fent après l'orage en découvrant le Port.

A l'orbe du Soleil ce rayon feul le guide :

Par l'ordre du Très-Haut Uriel y préfide.

A fes yeux l'Impofteur fe montre en Séraphin,

Lui demande fa route, & voile fon deffein.

Sur lui le Créateur exerçant fa vengeance,

De transformer fes traits lui laiffa la puiffance,

Et voulut feul connoître, à fes dehors trompeurs,

L'hypocrifie adroite à furprendre les cœurs ;

En cet inftant fatal, elle ébloüit la vûe

D'un Archange dont l'œil perce à travers la nue,

Il montre à l'Ennemi l'ordre de l'Univers,

Et dans l'infinité de tant d'aftres divers,

Découvre à fes regards le Globe de la Terre,

Auffi prompt que les vents, où les feux du Tonnerre.

Le Prince des Enfers vole aux terreſtres bords ;

L'ardeur de ſe venger ranime ſes efforts ;

L'eſpoir de perdre l'homme, & le flate, & l'agite,

Mais il voit les dangers du projet qu'il médite ;

Son immortalité que le Ciel offenſé

Lui laiſſa pour punir ſon orgueil inſenſé ;

Préſente à ſa mémoire une image effrayante :

Il gémit du paſſé, l'avenir l'épouvante ;

Au moment déciſif la crainte, la fureur,

Le doute, le remords s'emparent de ſon cœur :

Sur lui-même il revient : tels on voit ſur la terre

Frémir & reculer les foudres de la guerre,

A l'inſtant où leur feu part & porte la mort.

Il voit Eden, l'admire, & déplore ſon ſort ;

D'un air ſombre & jaloux, élevant ſa paupiére,

Vers l'aſtre qui répand en tous lieux la lumiére,

Après de longs ſoupirs, il éclate en ces mo'

O toi ! qui de la nuit fais pâlir les flambeaux,

Qui de cet Univers paroîs l'Etre fuprême ;

Au-deſſus de ta ſphère , & plus grand que toi-même ,

Jadis de ta ſplendeur j'euſſe éclipſé les traits :

Soleil, qui m'ébloüis, je t'admire, & te hais ;

Que ton éclat me bleſſe ! il peint à ma mémoire

Le trifte ſouvenir de ma premiére gloire,

Et l'abîme de maux creuſé par mes fureurs :

L'ambition cauſa mon crime, & mes malheurs ;

Sur des êtres parfaits regnant par mon eſſence,

Je voulus de Dieu même égaler la puiſſance ,

Et briſer les liens d'un éternel devoir ;

Remercier fans ceſſe , & toujours recevoir !

Quel fardeau rigoureux ! quel efclavage extrême !

Si ce Dieu m'eût créé moins ſemblable à lui-même,

Moins en proie à l'orgueil qui dévore mon cœur,

Je joüirois encor de mon premier bonheur.

Ah ! maudiſſons plûtôt ma volonté funeſte,

Qui choisit un parti qu'en secret je déteste ;

Que n'ai-je en sa naissance étouffé ce dessein !

Pour moi tout est l'enfer, l'enfer est dans mon sein ;

D'affreux mugissemens toujours s'y font entendre ;

De l'horreur qui me suit je ne puis me défendre ;

Pour éviter mes maux, je fais de vains efforts ;

Mon cœur est déchiré de haine & de remords.

Le Souverain des Cieux ne peut-il plus m'absoudre ?

A fléchir son couroux ne puis-je me résoudre ?

L'orgueil me le défend ; que diroient ces Esprits,

Que par un vain espoir mon adresse a surpris ?

Pour me les asservir, je leur osai promettre

De triompher du Dieu qui vouloit les soumettre ;

Leurs yeux avec envie admirent ma grandeur ;

Ah ! qu'ils pénétrent peu le trouble de mon cœur :

Elevé sur le Thrône, & ceint du Diadême,

Je n'ai rien d'éminent, que mon supplice extrême ;

(Des cœurs ambitieux tels sont les maux secrets :)

N'importe : fans fléchir pourfuivons nos projets ;

Quand le Ciel appaifé me rendroit ma puiffance,

Je reprendrois foudain l'efpoir de la vengeance ;

Mon refpect feroit feint, ainfi que mes fermens ;

En eft-il de facrés au milieu des tourmens ?

Rien ne peut adoucir la douleur qui m'accable :

Renonçons à la Paix : ma haine eft implacable,

Vainement j'offrirois des hommages trompeurs ;

Dieu voit dans l'avenir & lit au fond des cœurs.

Etouffons nos remords, & montrons-nous fans feinte :

En perdant l'efpérance, on perd auffi la crainte :

Le bien m'eft interdit, que le mal foit mon bien ;

Peut-être mon Empire égalera le tien,

Tyran. Je foumettrai l'homme & ce nouveau Monde ;

Sur le crime & la mort que mon Regne fe fonde.

Il dit : mais de fon cœur les fentimens fecrets,

Tour à tour malgré lui fe peignent dans fes traits.

L'Inventeur de la fraude, errant fans défiance,

Laiſſe trop éclater l'ardeur de ſa vengeance ;

Du ſéjour lumineux obſervant ſon maintien ,

Uriel l'apperçoit ſur le Mont Syrien ,

Et ne reconnoît plus dans ſes regards funeſtes ,

La Paix & la douceur des ſubſtances céleſtes ,

Il ſuit de l'œil ſes pas , & voit l'Ange odieux ,

Diriger vers Eden ſon vol audacieux.

Fin du premier Chant.

SECOND CHANT.

ARGUMENT

DU

SECOND CHANT.

B

DEUXIÈME CHANT.

ARGUMENT.

DESCRIPTION du Paradis Terrestre. Satan y pénètre, & transformé en Vautour se perche sur un arbre : il apperçoit Adam & Eve : leur beauté, & leur bonheur l'étonnent : il les écoute : il apprend qu'il leur est défendu de manger du fruit de l'Arbre de la Science : il fonde le succès de son projet sur l'espoir de leur faire transgresser cette Loi. L'Ange qui préside au Soleil avertit Gabriel, à qui la garde du Paradis est confiée, qu'il y est entré un Esprit pervers : Gabriel promet de le trouver. Entretien d'Adam & d'Eve en se retirant à la fin du jour sous leur Berceau : Description de ce lieu délicieux : Gabriel envoie des Anges pour y veiller : ils découvrent près de l'oreille d'Eve l'ennemi occupé à la tenter en songe : ils l'entourent : la frayeur le saisit : il s'enfuit du Paradis.

LE PARADIS
TERRESTRE.

SECOND CHANT.

 Ans les champs où l'Euphrate éloigné de sa source,

Abandonne le Tigre & le joint dans sa course,

Se présentent d'Eden les jardins enchantés ;

Là, d'un premier Printems tout offre les beautés ;

B ij

Des Cédres, des Palmiers élevés jufqu'aux nues,

De ce féjour charmant forment les avenues.

Sur l'or & les Saphirs ferpentent les ruiffeaux,

Et dans les près naiffans bondiffent les troupeaux ;

Aux approches du Loup l'Agneau paroît fans crainte,

Le Tigre eft fans fureur, & le Renard fans feinte ;

Les arbres font chargés & de fruits & de fleurs,

De l'Iris leur mélange imite les couleurs :

Tel eft l'heureux Empire où vit dans l'innocence

Le premier des humains au fein de l'abondance ;

Chaque pas le conduit à de nouveaux plaifirs,

L'air pur n'eft agité que par les doux Zéphirs.

Ils embaument les airs, & leurs aîles légères

Y portent les Parfums des terres étrangères :

Satan même eût fenti fes tourmens s'y calmer,

Mais dans le défefpoir rien ne fçauroit charmer.

Animé par la haine, & guidé par le crime,

D'une haute montagne abandonnant la cime,

Il s'abat dans Eden, comme un Loup raviffeur
S'élance fur fa proie, & trompe le Pafteur.

A peine de ces lieux il franchit la barriére,
Qu'il apperçoit un arbre offrant fa tête altiére ;
Il y fixe les yeux, fe transforme en Vautour,
Y vôle, & du fommet contemple ce féjour.
Tous les biens qu'il produit joints à tant de délices,
Pour l'Efprit infernal font autant de fupplices.
Entre tous les objets vivans dans ces beaux lieux,
Deux Etres diftingués frappent furtout fes yeux ;
Dans le noble maintien de leur nudité pure,
Ils paroiffent les Rois de toute la Nature.
Les charmes, les vertus, & la félicité
Entr'eux font partagés, mais non l'autorité.
Leur fexe eft différent, ainfi que leur puiffance :
L'un tient l'autre foumis à fon obéiffance :
Adam unit la force à la beauté des traits :

B iij

Eve joint la douceur aux plus brillans attraits.

Les Zéphirs careſſant ſes treſſes voltigeantes,

En font ſouvent un voile à ſes graces naiſſantes :

Non qu'elle veuille aux yeux dérober tant d'appas ;

Son ame de la honte ignore l'embarras ;

Doit-on rougir des dons que nous fait la Nature ?

Effrayant déshonneur né d'une ſource impure,

Tyran de nos plaiſirs, tu portes dans le cœur

Le trouble, les remords, la honte, & la terreur.

Ce couple fortuné, créé dans l'innocence,

Sans voile aux yeux de Dieu, n'en craint point la préſence.

A l'ombre d'un berceau rafraîchi par les eaux,

Ils vont ſe délaſſer de leurs légers travaux ;

Leurs jardins n'exigeoient que les ſoins néceſſaires

Pour goûter le repos & des mets ſalutaires ;

Sur des bancs de gazon ornés de mille fleurs,

Les arbres leur portoient des fruits & des odeurs.

Leur fuc les raffafie, & dans l'écorce dure
Ils puifent pour la foif une eau légère & pure ;
Le fourire enchanteur, les entretiens charmans,
Tout ce qu'Amour infpire à de jeunes Amans,
Seuls habitans du monde, & vivans fans allarmes,
Achévent d'embellir ce repas plein de charmes.

Le Monarque infernal témoin de leur bonheur,
Frappé de tant d'attraits, mais faifi de fureur,
Cherchant en ce féjour ouvert à fa vengeance
Les moyens les plus prompts d'étendre fa puiffance,
Sous des traits déguifés fe joint aux animaux
Qui près de ces Amans paiffent au bord des eaux.
La voix de l'Homme alors vint lui frapper l'oreille ;
A ce fon inconnu fon ardeur fe réveille.

Eve, difoit Adam, tout prévient nos défirs :
Toi feule ici conçois, & reffens mes plaifirs ;

Des biens dont je joüis le plus cher eſt toi-même :
Un ſeul m'eſt interdit par une loi ſuprême :
Près de l'arbre de vie, au centre de ces lieux,
L'arbre de la ſcience eſt offert à nos yeux :
Mais quiconque oſera goûter ſon fruit perfide,
Répandra dans ſon ſang un venin homicide.
Loin de blâmer l'Arrêt que Dieu même a dicté,
Occupons-nous ſans ceſſe à bénir ſa bonté :
Que nos mains & nos cœurs à ſes ordres dociles,
Se faſſent un devoir d'embellir ces aſyles :
Le travail le plus rude avec toi ſeroit doux.

Eve en l'interrompant, s'écria : tendre époux,
Je ſuis ton bien, mon être eſt pris de ton eſſence :
Pour toi ſeul en ces lieux j'ai reçû l'exiſtence :
J'approuve tes conſeils, & tes ſoins précieux :
Reſpectons les décrets du Souverain des Cieux :
J'admire en ſes préſens ſa puiſſance immortelle ;

De lui je te reçus pour mon guide fidéle ;

Ce don cher à mon cœur, ce bienfait éclatant,

De mon premier réveil me peint toujours l'inftant.

Les rayons du Soleil commençoient à paroître :

Sans fçavoir qui j'étois, ni qui me donna l'être,

Je me trouvai couchée à l'ombre fur des fleurs ;

Pour peindre ma furprife, il n'eft point de couleurs ;

De ces champs émaillés admirant la verdure,

D'un ruiffeau près de moi j'entendis le murmure.

L'onde qui ferpentoit d'un mouvement égal,

Par fa furface unie imitoit le cryftal.

Incertaine, j'y cours : j'apperçois le rivage ;

D'un autre Ciel les eaux me préfentent l'image ;

J'approche, je me panche, & vois dans le moment

Une figure au fein du liquide élément ;

Se pancher comme moi, fur moi fixer la vûe.

Je recule à l'afpect d'une forme inconnue :

Elle recule auffi ; le charme de fes traits

Me raméne bientôt pour la voir de plus près ;

Au même inftant vers moi fes pas la ramenerent :

L'un fur l'autre nos yeux enchantés fe fixerent ;

Un vain défir formé pour un objet fi beau ,

Me retiendroit encore aux bords de ce ruiffeau :

Mais un fon éclatant vint frapper mon oreille :

L'air me rendit ces mots ; cette rare merveille

Paroît & difparoît de cette onde avec toi.

C'eft toi , ce font tes traits ; dans ces jardins fuis-moi :

Tes yeux vont découvrir fous ce naiffant feuillage

L'objet dont tu parois la véritable image ;

Cet objet eft réel : avec raviffement

Il recevra ta joie & ton empreffement ;

Vous ferez à jamais tous deux inféparables ;

Il fortira de vous des races innombrables ,

Belle Eve , tu feras mere du genre-humain.

Rien alors ne fixoit mon efprit incertain :

J'abandonnai mon fort à mon guide invisible ;

Il me mena vers toi fous cette ombre paisible ;

Ta beauté, ton air noble enchantérent mes yeux :

Mais l'objet que les eaux m'avoient peint en ces lieux

M'avoit paru plus doux, plus féduifant, plus tendre :

Je voulus t'éviter : ta voix fe fit entendre :

Arrête, me dis-tu, réponds à mes accens :

De nos fecrets liens connois les nœuds puiffans ;

Ton être fut formé de ma propre fubftance.

Dans tes veines mon fang coule dès ta naiffance :

Tu fors de mon côté ; fois toujours près de moi ;

Mon bonheur, mes plaifirs doivent naître de toi.

J'ai compté que ma vie attachée à la tienne,

Trouveroit dans ton ame une part de la mienne ;

Je la réclame en toi : viens embellir mes jours ;

A ton autre moitié rejoins-toi pour toujours ;

Tu me faifis la main : devois-je me défendre ?

Mon ame commençoit dès ce jour à comprendre,

Que la beauté, la grace, & la douceur des traits
Ne font pas des humains les dons les plus parfaits.

Eve en difant ces mots embellis par fes charmes,
Ignore que contr'elle on prépare des armes ;
Le feu pur de fon cœur par l'amour enflammé,
Animant fes regards, y paroît exprimé ;
Et fon bras s'appuyant fur l'objet qui l'enchante,
Découvre les tréfors de fa beauté naiffante :
L'éclat n'en eft caché que par fes blonds cheveux.
Adam dans les tranfports de fon cœur amoureux
Admire tant d'appas & tant d'obéiffance ;
Ebloüi des attraits qu'il voit en fa puiffance,
Son filence & fa joie expriment fon amour.

D'un œil trifte & jaloux, le Roi du noir féjour
Sous fon déguifement de près les confidère,
Et fon cœur en ces mots exhale fa colère :

Haïffables objets ? quoi ? je vois dans vos feux

Plus de bonheur qu'Eden n'en préfente à vos vœux ?

Et moi dans les horreurs d'une prifon horrible

A la joie, à l'amour, demeure inacceffible,

Je languis en formant d'inutiles défirs.

Ce fouvenir affreux accroît mes déplaifirs ;

Mais rappellons l'arrêt qu'ici je viens d'entendre ;

Le fçavoir eft un bien qu'on voulut leur défendre :

Seroit-ce là le gage & l'appui de leur foi ?

Que ces vains fondemens s'écroulent devant moi.

Excitons dans leurs cœurs la foif de la fcience.

Avides d'acquérir la fuprême puiffance,

Ils goûteront le fruit qui leur eft défendu :

Alors, ainfi que moi, l'homme fera perdu.

Dans cet efpoir cherchons fous une forme feinte,

S'il n'eft point quelqu'efprit caché dans cette enceinte ,

Qui vers l'arbre fatal guide mes pas errans :

Couple heureux ! joüiffez : profitez de ce tems :

Bientôt je vous rejoins : à ces jours de délices
Succéderont sans fin les plus cruels supplices.

La haine en ce moment embrase ses esprits.
Il détourne ses pas circonspects, mais hardis,
Et parcourt les forêts, les montagnes, les plaines,
Jusqu'aux lieux où les eaux ont des bornes certaines.

L'astre brillant du jour se plongeoit dans les mers :
Ses obliques rayons en traversant les airs,
A l'Orient d'Eden présentent à la vûe
Un roc dont le sommet se cache dans la nûe ;
Sur ces lieux escarpés que défend Gabriel,
Un rayon du Soleil conduisit Uriel ;
Telles sont ces lueurs en étoiles formées,
Promenant dans la nuit leurs vapeurs enflammées.
Le céleste habitant du séjour radieux
Avertit par ces mots les Ministres des Cieux.

Un Efprit eft entré dans ce paifible Empire,
Ses regards ont trahi la fureur qui l'infpire :
Suivez cet ennemi : tel eft l'ordre du Ciel.

S'il fe cache en ces lieux, lui répond Gabriel,
Il ne peut éviter ma garde vigilante.

Sur le même rayon de lumiére éclatante,
En finiffant ces mots, il voit le Chérubin
Vers la mer Atlantique incliner fon chemin.

Les Oifeaux de leur chant fufpendent l'harmonie,
Et déja les troupeaux négligent la Prairie ;
En peignant les objets de fes fombres couleurs,
L'ombre du Crépufcule appaife les chaleurs ;
Bientôt la nuit approche en déployant fes voiles ;
Hefpérus * fur fes pas améne les Etoiles,

* L'Etoile du foir.

Et l'Aſtre * dont le cours jadis régla les ans,
Dans les airs ténébreux répand ſes traits brillans.

    Chère Eve, dit Adam, en ces inſtans tranquilles;
Les Etres animés rentrent dans leurs aſyles :
Le travail a ſon tems ainſi que le ſommeil ;
Abandonnons nos ſoins, & demain au réveil,
De cette onde rapide en détournant la ſource,
Dans ces fertiles prés nous réglerons ſa courſe :
Mais ſur nous le ſommeil verſe ſes doux pavots :
La Nature le veut : livrons-nous au repos.

    La Mére des humains dit d'une voix touchante;
Cher Epoux, en tout tems à tes vœux complaiſante,
Je ne ſçai qu'obéir : de Dieu telle eſt la loi :
Tu tiens de lui ta régle : Eve la prend de toi.

* Les Egyptiens & les Hébreux comptoient leurs années par le cours de la Lune, ce qu'on appelloit années Lunaires.

Avec

Avec toi tout me charme en ces belles demeures ;

J'oublie, en te parlant, les saisons & les heures :

Mais le frais du matin, le lever du Soleil,

Les concerts des Oiseaux annonçant leur réveil,

Les fruits encor brillans des larmes de l'Aurore,

Le parfum de ces fleurs que nous voyons éclorre,

L'air pur de ce beau soir, le silence, la nuit,

La Lune dont l'éclat nous charme & nous conduit,

Les yeux du Firmament, & leur céleste flamme,

Sans toi n'ont rien de doux, rien qui plaise à mon ame :

Mais pourquoi dans les Cieux tant de flambeaux épars,

Tandis que le sommeil en prive nos regards ?

Tes discours enchanteurs & remplis de sagesse,

De mon cœur, dit Adam, augmentent la tendresse :

Je voudrois contenter tes désirs curieux ;

Ces Astres que le jour éclipsoit à nos yeux,

S'élevant par dégrés, sur la terre & sur l'onde,

C

Au défaut du Soleil font les flambeaux du Monde;
Quand nos yeux font fermés, ils charment les regards
Des céleftes Efprits qui gardent nos remparts.
En célébrant le Dieu qui renferme en lui-même
L'ordre de la Nature, & le bonheur fuprême,
Tu fçais que jour & nuit dans de brillans concerts,
Leurs accens réünis font retentir les airs.

En converfant ainfi, ce couple aimable & tendre
Au berceau de l'Hymen s'empreffe de fe rendre;
Le Créateur choifit pour enchanter leurs fens,
Ce lieu que la Nature orna de fes préfens.
Le Myrthe entrelaffé dans l'oranger fertile,
En parfumant les airs ombrage cet afyle;
Les Zéphyrs en filence y flattent les ormeaux;
Sur le fable fans bruit ferpentent les ruiffeaux;
Nul Infecte importun n'oferoit y paroître;
De loin les animaux y refpectent leur Maître,

Et jamais le sommeil n'y craint l'éclat du jour :

Des plus brillantes fleurs, Eve dans ce séjour,

De son lit nuptial émaille la verdure :

Ses graces, ses appas (son unique parure)

Par ses soins amoureux font encore embellis ;

Son teint ternit l'éclat des Roses & des Lys :

Ces Epoux de leur voix unissant l'harmonie,

Exaltent les bienfaits de l'essence infinie :

Les autels ne font point garands de leurs sermens :

Sans connoître le trouble & les déguisemens,

Joüissant des transports d'une heureuse innocence,

Eve aux désirs d'Adam se livre sans défense :

De leurs tendres amours rien n'altère les feux :

Du lien conjugal le Ciel serra les nœuds :

L'homme en posséde seul la félicité pure ;

Ses sages Loix ont mis l'ordre dans la Nature,

De-là les tendres noms & de Pere & de Fils :

Les charmes de ses Nœuds remplissent mes écrits :

C ij

Puiſſent-ils des Epoux rendre le cœur fidéle !

Tendre Hymen ! du bonheur, ſource perpétuelle,

L'amour trouve chez toi ſes traits doux & conſtans :

Il allume à tes feux ſes flambeaux éclatans,

Et ſe plaît à regner ſous ton durable Empire ;

Non, dans les yeux trompeurs, & l'attrayant ſourire

Des Objets dangereux qui vendent leurs appas ;

Qui feignant des tranſports, que leur cœur ne ſent pas,

Se livrent ſans déſirs & ſe pâment ſans joie :

De leur art ſéducteur l'Amant rendu la proie,

Dans ſa folâtre ivreſſe adore des attraits,

Qu'il mépriſe, & promet de ne revoir jamais ;

L'Amour fuit les cœurs faux, intéreſſés, volages.

Couchés nuds ſur des fleurs, à l'ombre des feuillages,

Les bras entrelaſſés, les deux jeunes Epoux

S'endorment aux concerts des Roſſignols jaloux,

Les Roſes ſur leur lit pleuvent en abondance :

A mille autres le jour donne bientôt naiſſance :
Couple heureux ! pour garder un ſi parfait bonheur,
Du déſir de ſçavoir préſervez votre cœur.

La nuit avoit rempli la moitié de ſa courſe,
Du Pôle du Midi juſqu'au cercle de l'Ourſe,
Conſervant dans Eden leurs rangs accoutumés ;
Les brillans Chérubins ſe préſentent armés,
Gabriel à leurs Chefs en ces termes s'adreſſe :

Dans ces bois enchantés, Anges, veillez ſans ceſſe :
Tandis que ces Amans ſe livrent au repos,
D'un ennemi ſecret prévenez les complots.

Auſſi prompts que les feux qui ſortent d'un nuage,
Les Anges empreſſés volent vers cet ombrage ;
L'Impoſteur ſous les traits d'un Reptile * odieux,

* Satan avoit pris la figure d'un Crapaud.

C iij

Eſt le premier objet qui paroît à leurs yeux,
Près de l'oreille d'Eve, il lui peignoît en ſonge,
Les Phantômes flatteurs qu'enfanta le menſonge :
Il ſçavoit que de là naiſſent les vains déſirs,
Le fol eſpoir, l'ennui, les cruels déplaiſirs.

Le faux ne ſoutient point l'œil d'un Etre céleſte ;
Un Ange de ſon dard atteint l'eſprit funeſte ;
Il s'élance en quittant ſon vil déguiſement,
Tel qu'un amas de poudre enflammé bruſquement,
Dont les feux réſervés pour d'horribles batailles,
S'échappent dans les airs, & briſent les murailles.

Etonnés à l'aſpect de l'ennemi des Cieux,
Mais ne redoutant point ſes deſſeins furieux :
Les bataillons brillans environnent la plaine,
Où ce traître ſurpris croit ſa perte certaine.
Dans le centre des rangs, quoique ſaiſi d'horreur,

Il voile un trouble affreux ſous un calme trompeur.

Comme le Ténériffe & l'Atlas immuable,

Elevant juſqu'aux Cieux ſon front inébranlable,

Il porte la terreur ſur ſon caſque guerrier ;

Son bras paroît armé d'un vaſte bouclier :

De ſon cœur orgueilleux rien n'abat le courage ;

Mais ſans eſpoir de vaincre étouffé par la rage,

Tel qu'un Courſier fougueux retenu par ſon mords,

Il bat la terre, écume ; après de vains efforts,

On voit enfin fléchir ſa valeur intrépide :

Pour cacher ſa frayeur, il prend un vol rapide,

S'éléve dans les airs, menace, tremble, fuit,

Emportant avec lui les ombres de la nuit.

Fin du ſecond Chant.

TROISIEME CHANT.

✳✳✳✳✳✳✳✳✳✳✳✳✳✳✳✳✳✳✳✳✳✳✳ ✳✳✳✳✳✳✳✳✳✳✳✳✳✳✳✳✳✳✳✳✳✳

ARGUMENT.

EVE raconte à Adam un songe qui l'a effrayée pendant la nuit. Son Epoux la console : ils font leur prière à Dieu, qui envoie Raphaël avertir l'homme de faire un bon usage de sa liberté, & d'être en garde contre les artifices du Tentateur. Arrivée de l'Ange dans le Paradis terrestre. Adam va au-devant de lui, & l'invite à se reposer à l'ombre de son Berceau.

LE PARADIS
TERRESTRE.

TROISIEME CHANT.

'Amante de Tithon en répandant des larmes,

A peine eut embelli l'Orient par ses charmes,

Qu'Adam ouvre les yeux après un doux sommeil :

Le calme de son cœur ne craint point le réveil :

Des habitans de l'air il entend le ramage,

Et le vent du matin agitant le feuillage ;

Mais il eſt étonné que l'approche du jour

N'éveille point encor l'objet de ſon Amour ;

Les cheveux d'Eve épars, la rougeur qui l'enflâmme,

Peignent dans ſon ſommeil le trouble de ſon ame.

Adam ſaiſi de crainte & d'amour tranſporté,

De ſa charmante épouſe admire la beauté.

Le réveil, le repos, tout lui prête des charmes :

Tant d'appas réünis ſuſpendent ſes allarmes ;

Il lui ſerre la main en modérant ſes feux,

Et ſa voix imitant le Zéphyre amoureux,

Qui murmure de joie aux approches de Flore,

Fait entendre ces mots à celle qu'il adore :

Chère Eve, don des Cieux, ſource des vrais plaiſirs,

Objet toujours nouveau de mes tendres déſirs,

Eveille toi : L'aurore à nos ſoins nous rappelle ;

La verdure a repris une fraîcheur nouvelle :

L'onde joint fon murmure aux concerts des oifeaux ;

Mille naiffantes fleurs ornent ces arbriffeaux ;

L'abeille en vient puifer la liqueur la plus pure ;

Nous perdons le moment d'admirer la Nature,

Et les heureux fuccès de nos foins affidus.

Il dit : Eve l'embraffe ouvrant fes yeux émus ,

Et lui tient ce difcours d'un ton craintif & tendre :

Que mon cœur eft ravi de te voir, de t'entendre !

Les erreurs du fommeil m'ont fouvent retracé

Nos amoureux projets, notre bonheur paffé.

Cette nuit, Dieu puiffant ! (Ah ! Quel funefte fonge) !

Eft-ce une vérité ? Seroit-ce un vain menfonge ?

Quel trouble s'eft mêlé dans mes fens affoupis !

Le fon d'une voix douce a frappé mes efprits ;

Il me fembloit t'entendre : Eve, viens, difoit-elle ;

Ne perds point une nuit & fi fraîche & fi belle :

Ces Aftres que tu vois brillent pour t'éclairer ;

Ce font les yeux du Ciel ouverts pour t'admirer.

Tandis que le fommeil te cache leur lumiére,

Ils parcourent en vain la célefte carriére.

A ces mots, je me léve, & crois fuivre tes pas ;

Je cours en te cherchant ; ton ombre fuit mes bras.

Seule dans ces forêts je dirige ma route,

Vers l'arbre défendu que j'admire & redoute.

Les flambeaux de la nuit, le trouble de mes fens

M'en font paroître encor les fruits plus raviffans.

Soudain à mes regards il fe préfente un Etre

Semblable aux purs Efprits qu'ici l'on voit paroître ;

Les Zéphyrs agitoient fes cheveux parfumés ;

Sur l'arbre défendu fixant fes yeux charmés,

Depuis long-tems, dit-il, après toi je foupire :

Qui pourroit me priver d'un bien que je défire ?

Il s'avance, & bientôt d'un téméraire bras,

Atteint le fruit fatal qui caufe le trépas ;

Il le goûte fans crainte ; ô funefte entreprife !

Tandis que ma terreur égale ma furprife,

Dans fa joie il s'écrie : arbre myftérieux !

Tes dons ainfi ravis, m'en font plus précieux ;

Ne ferois-tu créé que pour l'Etre fuprême ?

Tu fçais élever l'homme au dégré de Dieu même :

Plus on peut partager la fource du bonheur.

Plus on donne de gloire à fon premier Auteur.

Eve, pourfuivit-il, Souveraine du monde,

Pour recueillir ces biens, que ta main me feconde ;

En transformant ton Etre, en t'élevant aux Cieux,

Ils rendront ton deftin égal au fort des Dieux.

A ce difcours flatteur, foudain l'Efprit célefte

Sur mes lévres porta le fruit doux & funefte ;

Qu'il me parut exquis ! Mon ame au même inftant

Sentit pour ce feul fruit un défir trop conftant.

Auffitôt dans les airs je me crus tranfportée,

Avec l'Efprit célefte au Ciel déja montée ;

Tandis que mes regards admiroient l'Univers,

Mon guide difparut : je retombai des airs :
Un fommeil plus profond calma mon ame émûe.
Quel charme ! A mon réveil Adam s'offre à ma vûe,
Et les nouveaux objets qui m'ont troublé les fens,
Sont des fongès légers enlevés par les vents.

O moitié de moi-même, & la plus accomplie,
Je fens, dit-il, l'effroi dont ton ame eft remplie :
Ces Phantômes confus infpirent la terreur ;
Auroient-ils pour principe une coupable erreur?
Non : D'un deffein pervers la fubite apparence
En ton cœur créé pur n'a pû prendre naiffance :
Apprens que dans notre ame il eft divers refforts
Soumis à la raifon qui régle leurs accords :
L'imagination au fecond rang placée,
Par l'organe des fens engendre la penfée :
Des objets différens elle fe peint les traits ;
La raifon les efface, ou les rend plus parfaits ;

De-là le jugement naît avec la science :

L'homme dans le sommeil privé de connoissance,

Est en proie aux erreurs que lui dictent les sens ;

De la vérité même ils prennent les accens :

Les bizarres portraits, & les vains assemblages,

Dont la mémoire prompte offre alors les images,

Naissent des traits récens gravés dans le cerveau.

De nos derniers discours ton songe est le tableau,

Mais d'étranges couleurs en chargent la peinture.

Pour un mal à venir, n'en tire point d'augure.

Non : sans la volonté rien ne corrompt le cœur.

D'un crime qu'en dormant tu vis avec horreur,

En veillant ton Esprit n'eût point été complice.

Je te connois, belle Eve, & je te rends justice ;

Que ce nüage obscur ne couvre plus tes yeux :

Reprens ton air serein : joüis de ces beaux lieux :

Retournons cultiver nos fertiles campagnes :

Déja le jour paroît au sommet des montagnes ;

L'Etoile du matin fuit l'éclat du Soleil ;

Nos troupeaux par leurs cris annoncent leur réveil,

Et des plus doux Parfums pour exhaler l'effence,

La Jonquille & le Mirthe attendent ta préfence.

Dans un profond filence, Eve en verfant des pleurs,

A ces mots confolans fent calmer fes frayeurs ;

Le trouble de fon ame avoit terni fes charmes :

Les lévres d'un époux recueillirent fes larmes :

Dans leurs embraffemens leur crainte s'éclipfa,

Et ce couple parfait dans les champs s'avança.

Tandis qu'ils defcendoient dans un vallon champêtre,

Ils voyoient fous leurs pas l'émail des prés renaître,

Les reptiles déja chercher l'ombre des bois,

Et les Monftres foumis accourir à leur voix.

Les dons du Créateur leur infpirent fans ceffe

De nouveaux fentimens d'amour & d'allégreffe.

Leurs accens réunis, variés fans efforts,

Des

Des plus brillants concerts furpaſſent les accords.

A peine le Soleil commençoit ſa carriére,
Que du fond de leur cœur s'élance leur priére :
O ſuprême Moteur de ce vaſte Univers,
Quel être peut compter tes ouvrages divers ?
Ta grandeur, ta bonté, paſſent nos connoiſſances :
Chantez, Eſprits du Ciel, ſouveraines puiſſances ;
Il convient à vos voix d'exalter l'Eternel ;
Avec vous rendons-lui ce devoir ſolemnel :
Aſtres, Cieux, Elémens, par un accord fidéle
Célébrez la ſplendeur de ſa gloire immortelle :
Vous habitans des airs, de la terre, & des eaux ;
Vous êtes les témoins de nos tranſports nouveaux :
Echos, vous répétez chaque jour nos hommages :
Grand Dieu, peins dans nos cœurs les plus pures images,
Daigne en bannir l'erreur que le ſommeil produit,
Comme le jour éteint les flambeaux de la nuit.

D

Leur priére toucha le Souverain des Etres.

Tandis qu'ils s'occupoient fous l'ombrage des hêtres,

Pars, dit-il, Raphaël, réponds aux vœux d'Adam :

Apprens-lui les deffeins de l'orgueilleux Satan ;

De fa félicité retrace-lui l'image ;

De fa libre raifon qu'il fonge à faire ufage :

Muni de tes confeils, s'il tranfgreffe mes loix,

Qu'il n'impute fes maux qu'à fon funefte choix.

L'Archange, en traverfant les célestes cohortes,

Voit à l'inftant du Ciel s'ouvrir les vaftes portes.

Aucun nuage épais ne lui borne les yeux ;

La terre lui paroît un globe radieux :

Telle femble la Lune en la voûte étoilée,

A travers l'œil perçant qu'inventa Galilée.

Inftruit des volontés de l'Etre Souverain,

Par la plaine des airs le brillant Séraphin,

De la garde Angélique ayant reçu l'hommage,

Auffi-vîte qu'un trait , vôle vers le rivage ,

Où l'époufe d'Adam préparoit avec foin

Divers fruits dont fon goût chériffoit le befoin.

Le Pere des humains s'écria , charmante Eve,

Hâte-toi : que ta vûe à l'Orient s'éléve :

Vois près de nos remparts cet objet éclatant ;

Il femble que l'aurore y renaiffe à l'inftant :

Sans doute il vient des Cieux chargé d'un grand meffage ;

Il daignera peut-être entrer fous cet ombrage :

Choifis dans tes Parfums l'encens le plus exquis ;

Au célefte étranger ces Tréfors font acquis :

Ils nous viennent du Ciel ; apprens de la Nature

A prodiguer des biens qu'elle offre fans mefure.

Oui : cher époux, dit-elle , affemblons en ce jour

Les fleurs que les faifons nous donnent tour-à-tour.

Tandis qu'elle en formoit l'agréable mélange,

Le premier des humains s'avance feul vers l'Ange.

D ij

L'éclat que votre afpect répand en ces beaux lieux,

Nous annonce, dit-il, un habitant des Cieux ;

Daignant abandonner l'orbe qui les enferre,

Voudrez-vous un inftant demeurer fur la terre,

Et choifir cet abri contre l'ardeur du jour ?

Les deux feuls habitans de ce vafte féjour,

De leurs biens à vos pieds répandront l'abondance :

L'envoyé du Très-haut rompt ainfi le filence :

Homme chéri du Ciel, dans ces champs conduis-moi :

Tout y charme les fens, & fléchit fous ta loi.

Jufqu'au déclin du jour y bornant ma carriére,

A ta raifon mon ame offrira fa lumiére ;

Nos regards plus perçans embraffent plus d'objets.

Il fe trouve à ces mots à l'ombre des bofquets :

Et dans ces lieux ornés des préfens de Pomone,

Où Flore raffembloit le Printems & l'Automne :

La premiére beauté, fource du genre-humain,

Se préfente fans voile aux yeux du Séraphin :

Éve de l'innocence ayant l'heureux partage,

Ne fent point par la honte enflammer fon vifage.

De fes mains Raphaël, dans ces bois enchanteurs,

Eft parfumé d'encens & couronné de fleurs.

Le Ciel en ce moment l'eût-il jugé coupable,

De fentir de l'amour le trait inévitable ?

Mais les fens modérés des céleftes Efprits,

Par un trouble imprévû ne font jamais furpris.

Fin du troifiéme Chant.

QUATRIEME CHANT.

ARGUMENT.

Raphaël apprend à Adam que l'Ennemi qui a juré sa perte, est le même Satan qui entraîna une partie des légions du Ciel dans la révolte. Histoire de cette révolte. Entretiens de l'Ange avec Adam sur l'origine du monde. Adam raconte ce qui s'est passé depuis sa création : comment Dieu lui donna une compagne, & leur première entrevûe : l'Ange le quitte, & retourne au Ciel.

LE PARADIS
TERRESTRE.

QUATRIEME CHANT.

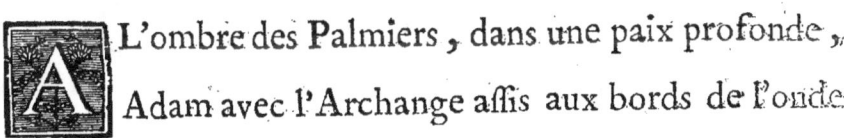

A L'ombre des Palmiers, dans une paix profonde,

Adam avec l'Archange affis aux bords de l'onde,

Ne pouvant contenir fes défirs curieux,

Ofe l'interroger fur les fecrets des Cieux.

Il voudroit de fon être approfondir l'effence,
Concevoir des Efprits la pure intelligence,
Et de fon Créateur pénétrer les projets.

Sois fidéle, dit l'Ange, à fes fages décrets.
L'homme fait pour joüir, n'eft point né pour connaître ;
Un feul Etre parfait, à tout a donné l'être :
De tout il eft la fin, & l'objet, & l'Auteur :
Que toujours fon amour préfide dans ton cœur ;
Tu fus créé fans tache, & non incorruptible :
Tu ne fuis point la loi d'un deftin invincible ;
La vertu perd fon prix par la néceffité ;
Le mérite ne naît que de la liberté.
Les habitans du Ciel ont le même avantage :
Quelques-uns au Très-Haut refufant leur hommage,
Furent du Firmament plongés dans les enfers ;
Apprens de leur deftin l'éclat & les revers.

La chûte des Esprits, leurs combats invisibles

A de terrestres sens deviendront-ils sensibles ?

Comment te dévoiler les Mystères des Cieux ?

Essayons cependant de tracer à tes yeux

Les substances du Ciel sous des formes humaines.

Rien dans l'Eternité n'a d'époques certaines ;

Avant que du Néant sortît cet Univers,

Le Monarque suprême élevé sur les airs,

Assembla près de lui les ordres Angéliques ;

Vous voyez, leur dit-il, Puissances Séraphiques,

Mon fils au haut des Cieux triomphant près de moi ;

Je veux que tout ici fléchisse sous sa loi.

On se tût à cet ordre ; on parut y souscrire :

Mais un parti secret redoutoit cet Empire :

Le superbe Satan osa se déclarer.

Quoi ! leur dit-il, Esprits, voudrez-vous adorer

Un Etre égal à nous en éclat, en puissance ?

Qui pourroit nous foumettre à fon obéiffance ?

Immortels comme lui, créés avant les tems,

Bravons le Ciel, les loix, & les événemens ;

Ranimons en nos cœurs l'ambition, la gloire,

Et rifquons de tomber en cherchant la victoire.

Il dit, & cet efpoir porté de toutes parts,

Entraîne à la révolte ; on fuit fes étendarts.

Un murmure femblable au roulement des ondes,

Des Cieux va retentir aux demeures profondes ;

Le tumulte s'accroit : les Efprits révoltés

Forment un bataillon égal de tous côtés :

Et le Chef odieux des infidéles Anges

Donne l'ordre, & conduit fes nombreufes Phalanges.

La difcorde eut à peine excité leurs fureurs,

Que l'Etre qui voit tout, découvrant tant d'horreurs,

Renverfe les projets de la troupe rébelle :

Il ordonne à son fils de s'avancer vers elle ;

D'armer son bras vengeur, & d'un seul de ses traits

Du céleste séjour les bannir à jamais.

Son Fils part à sa voix, & plonge dans l'abîme

Ces brillans bataillons orgueilleux de leur crime.

Je retrace à regret ce moment plein d'horreur ;

Adam, que cet exemple épouvante ton cœur ;

Je viens pour t'avertir qu'un des Anges rébelles,

Veut te séduire ici par des ruses cruelles :

Sa fureur pour te perdre osera tout tenter ;

Libre, tu peux te rendre, & tu peux résister ;

Crains d'attirer sur toi la céleste vengeance.

Les deux premiers humains dans un profond silence,

De cet affreux récit restent long-tems surpris.

Malgré son trouble, Adam rappelle ses Esprits,

Son cœur est dévoré du désir de connaître

Le tems qui précéda le jour qui le vit naître,

Et comment du Cahos fe forma l'Univers.

Tel eft un voyageur dans de brûlans déferts,

A peine a-t-il goûté l'eau qui le défaltère,

Qu'au murmure attrayant de l'onde falutaire,

Il fent renouveller fa foif & fon ardeur.

Sur les nouveaux défirs qui naiffent dans fon cœur,

Adam au Séraphin en ces termes s'exprime :

Quel tribut peut payer l'inftruction fublime,

Que par l'ordre du Ciel nous recevons de vous ?

Bornez-vous les faveurs que vous verfez fur nous ?

Ne daignerez-vous pas inftruire nos oreilles

Du pouvoir qui créa la terre, & fes merveilles,

L'homme, les élémens, & les flambeaux des Cieux ?

 Comblons, dit Raphaël, tes défirs curieux :

Autant qu'il m'eft permis, j'y ferai favorable ;

Mais de parler de Dieu quelle bouche eft capable ?

Je vais t'en révéler ce qui peut te fervir ;

Que cette connoiffance appaife ton défir ;

Il est assez d'objets qu'on te laisse à comprendre :

L'ame, ainsi que le corps, ne peut tout entreprendre ;

L'excès des alimens en détruit les ressorts.

Tu sçais par mes récits qu'après de vains efforts,

Les Anges criminels cédérent la victoire ;

Le Fils du Tout-puissant revint couvert de gloire,

Entouré des Esprits fidéles à ses loix :

Bien-tôt de l'Eternel le Ciel entend la voix :

Sa seule volonté régle la destinée :

Ma puissance, dit-il, par nul être bornée,

Ignorant le hazard & la nécessité,

Marque de l'Univers l'espace limité.

Ici pour remplacer cette troupe infidéle,

Créons un nouveau monde, une race nouvelle :

Terre, sors du Cahos, & nage dans les airs :

Lumiére, en un instant éclaire l'Univers ;

Que l'eau du Firmament, de la mer se sépare :

De verdure & de fruits que la terre se pare ;

Cieux, brillez, ornez-vous de globes lumineux :
Que les jours & les tems fe divifent par eux ;
Oifeaux, rempliffez l'air : naiffez, peuples de l'Onde :
Qu'en divers animaux la terre foit féconde :
Que l'homme exifte enfin, & foit créé parfait :
Qu'il regne fur ce monde : il dit, & tout fut fait.

Mes difcours ont rempli le défir qui t'enflamme :
Le paffé, pourfuit l'Ange, eft préfent à ton ame ;
Sur tes doutes naiffans tu peux m'interroger.

Vos récits m'ont ravi, refpeçable étranger,
Reprit le premier homme : accordez à mon zéle,
A ma vive priére, une grace nouvelle.
Quand les Aftres du foir précipitant leur cours,
Du fommeil qui les fuit m'offriroient le fecours,
Vos accens enchanteurs détruiroient fa puiffance.
Avant que ces beaux lieux foient livrés au filence,

Apprenez-moi le cours de ces globes divers ;

Le Soleil en un jour parcourt-il l'Univers ,

Ou la terre en tournant voit-elle difparaître ,

Cet Aftre dont l'éclat au matin doit renaître ?

Régle-t-il pour nous feuls les faifons & les jours ?

Lorfqu'Adam commença ce fublime difcours ,

Eve qui confervoit un modefte filence ,

A l'objet de fes feux dérobant fa préfence ,

Court arrofer fes fleurs qui parfument les vents :

Non, qu'elle ne conçût ces entretiens fçavans :

Mais fon ame fenfible aime mieux les entendre

De la bouche d'Adam , charmé de les lui rendre ;

Sa vive ardeur lui dit , qu'elle expofera mieux

Ses doutes à lui feul , qu'à l'envoyé des Cieux ;

Elle fçait qu'il joindra la joie & la tendreffe

Aux fublimes leçons que dicte la fageffe ,

Et que toujours l'Amour finira l'entretien :

Sans les baisers d'Adam Eve ne comprend rien :
Quand de pareils époux reviendront-ils au monde !

Attendant qu'à ses vœux l'hôte divin réponde,
De l'œil, Adam suit Eve à travers ses bosquets :
Pour un moment d'absence il sent mille regrets ;
Les graces, les plaisirs s'envôlent avec elle.
L'homme reste distrait : l'Ange à lui le rappelle,
Et veut par ce discours éteindre dans son cœur
De la soif de sçavoir la violente ardeur.

Je ne te blâme point de chercher à t'instruire :
Mais aux objets des sens ce soin doit se réduire.
Sans comprendre les Cieux, il faut les admirer ;
Leur Maître a des décrets que tu dois ignorer ;
Ce Dieu qui créa tout, se rit des vains systêmes,
Que l'homme formera sur ses secrets suprêmes.
L'un fixera la terre au sein de l'Univers :

L'autre

L'autre autour du Soleil la verra dans les airs,

Sur soi-même tournant parcourir sa carriére.

On voudra diviser les traits de la lumiére ;

En fondant la Nature expliquer ses refforts,

Prouver l'impulfion, l'attraction des corps ;

Des Sectes de tout genre en chimères fécondes ;

Du choc des élémens enfanteront des mondes :

D'atomes réünis tout prendra forme un jour ;

Et le vuide, & le plein regneront tour à tour.

Ces fyftêmes divers enfans de l'ignorance,

L'un par l'autre détruits confondront la fcience :

Qu'ils n'excitent jamais tes défirs curieux :

Connois tes vrais befoins en ces terreftres lieux ;

Le fçavoir trop profond, les queftions fubtiles

Ne s'exercent jamais fur des objets utiles.

Sans former d'autres vœux, par l'Amour enchanté,

D'Eve en ce beau féjour fais ta félicité.

La fageffe confifte à prendre avec mefure,

E

Les biens & les plaiſirs offerts par la Nature.

L'aſtre du jour eſt loin de terminer ſon cours :

A ton tour répons-moi : pourſuivons nos diſcours ;

Adam , avec plaiſir j'entendrai ton hiſtoire :

La ſuite n'en eſt point gravée en ma mémoire ;

Quand tu reçûs le jour , le Dieu de l'Univers

M'ordonna de veiller aux portes des Enfers :

Dis-moi ce qui ſuivit l'inſtant qui te vit naître.

L'homme obéit ainſi : je vis le jour paraître,

Tel qu'il frappe les yeux , au moment du réveil ;

Couché ſur le gazon , je ſortis du ſommeil :

Mes regards étonnés vers les Cieux ſe tournérent ;

Mes membres engourdis ſur mes pieds ſe levérent :

Je vis dans les vallons ſerpenter les ruiſſeaux :

Les bois retentiſſoient du doux chant des oiſeaux ;

Qu'avec raviſſement j'admirai la Nature !

Je fixe enfin les yeux ſur ma propre ſtructure :

Je veux, en m'agitant essayer mes ressorts :

J'avance, & je les sens m'obéir sans efforts.

Peignez-vous cet instant, & ma surprise extrème ;

Sans sçavoir où j'étois, & m'ignorant moi-même,

Je cherche à m'exprimer : soudain je rends des sons :

Pour tant d'objets nouveaux je forme divers noms :

J'interroge le Ciel & toute la Nature.

Brillantes eaux, disois-je, & vous, fleurs & verdure,

Toi, Soleil, dont l'éclat embellit ce séjour,

Dites : le sçavez-vous ? qui m'a donné le jour ?

Je ne tiens point de moi le pouvoir qui m'anime :

Mon Créateur doit être une essence sublime ;

Instruisez-moi : comment dois-je ici l'adorer :

Je m'adresse aux objets que je vois respirer ;

Aux accens de ma voix, tout demeure en silence :

Attentif, inquiet, errant dans l'ignorance,

Chaque Etre différent fixe mes yeux surpris.

Un désir curieux ranime mes esprits,

Et mes pas incertains précipitent leur courſe ;

Dieu m'arrête, & me dit : de tout je ſuis la ſource :

Parle ; que cherches-tu ? Je puis tout te donner :

La joie & le reſpect m'avoient fait proſterner,

Léve-toi, pourſuit-il : joüis de ma préſence :

Je ſoumets ces beaux lieux à ton obéiſſance :

N'appréhende jamais d'en épuiſer les dons :

Mais il eſt au milieu de ces amples moiſſons,

Près de l'Arbre de Vie , un arbre redoutable :

Te rendant plus ſçavant , il te rendroit coupable :

Crains d'en goûter les fruits , & d'enfraindre une loi ,

Que je te donne ici pour gage de ta foi :

La mort ſuivroit de près ta déſobéiſſance :

De ton heureux état perdant la joüiſſance ,

Du crime & des remords tu ſentirois les maux ;

D'un ton ferme & ſévère , il prononça ces mots :

Le ſon en retentit encore à mes oreilles ;

Bientôt d'un front plus doux , l'Auteur de ces merveilles ,

En m'établissant Roi de ce vaste Univers,

Rassembla sous mes yeux les animaux divers.

Leur nombre m'étonna ; mais mon inquiétude

Cherchoit un autre objet en cette solitude ;

J'osai porter mes vœux à la Divinité ;

Sous quel nom, m'écriai-je, invoquer ta bonté ?

Auteur de la Nature, ô substance suprême,

Tu peux seul, Dieu puissant, te suffire à toi-même.

Mais dans la solitude où je me vois réduit,

L'abondance des biens que ce climat produit,

Ne remplira jamais le désir qui m'enflamme :

Je ne sçai quel objet manque aux vœux de mon ame.

Les Etres animés que tu mets sous mes loix,

Sans pouvoir me comprendre accourent à ma voix :

De sentir tes bienfaits, leur cœur est-il capable ?

Pour partager tes dons, donne-moi mon semblable :

Daigne écouter mes vœux : achéve mon bonheur.

J'obtins ces mots sacrés du puissant Créateur ;

E iij

Dans tes vœux réfléchis, j'admire mon ouvrage.

Je t'ai fait pénétrant, éclairé, libre, & fage :

J'ajoûte à tant de dons l'objet de tes défirs.

Tu trouveras bien-tôt pour combler tes plaifirs,

Un Etre intelligent, image de toi-même.

Dieu ceffa de parler (où dans mon trouble extrême,

Ne pouvant foutenir le célefte entretien,

Je demeurai fans force, & n'entendis plus rien ;)

De mes refforts nouveaux foudain je perds l'ufage :

Du néant d'où je fors je retrouve l'image :

Sur un côteau charmant, orné de mille fleurs,

L'efpoir livrant mon ame à des fonges flatteurs,

Le fommeil répara mes forces épuifées :

De mes fens il fut maître, & non de mes penfées :

En Efprit je vis Dieu dérober de mon fein

Une part de moi-même, & bien-tôt de fa main

M'en former pour compagne une figure humaine ;

Ainſi de l'Univers naquit la Souveraine ;

Tout ce que la Nature étale de beautés,

L'accord de ſes appas l'offre aux yeux enchantés.

Son aſpect raviſſant produiſit en mon ame,

Ce feu doux & ſecret qui l'agite & l'enflamme ;

Par ſon pouvoir mon cœur plein de ſaiſiſſemens

Pour la premiére fois ſentit ces mouvemens.

Cet objet diſparut, & ſoudain la triſteſſe,

De mes ſens interdits ſe rendit la maîtreſſe.

Je m'éveille, je cours, & le cherche en tous lieux,

Réſolu, ſi jamais il ne frappoit mes yeux,

De vivre ſans plaiſirs, ſans bonheur, & ſans joie ;

A cet inſtant vers moi le Créateur l'envoie,

Et mon œil enchanté revoit l'objet charmant,

Dont mon ame admiroit les appas en dormant :

Ses céleſtes regards retracent à ma vûe,

Tout l'attrait qu'eut pour moi leur image inconnue.

Ne pouvant retenir les tranſports de mon cœur,

Je m'écriai : grand Dieu ! tu combles mon bonheur :

De tes dons infinis voici le don suprême ;

Sous des traits différens c'eſt un autre moi-même :

Je vais donc poſſéder l'objet de mes déſirs.

Eve apperçoit ma joie : elle entend mes ſoupirs,

Près de moi ſon penchant la preſſe de ſe rendre :

Mais un trouble ſecret l'oblige de m'attendre,

Et de ſes feux naiſſans ſuſpend la vive ardeur.

A mon premier abord une tendre pudeur,

En détournant ſes pas lui fait baiſſer la vûe ;

Je la ſuis, & bientôt une force inconnue,

Après un foible effort la livre entre mes bras.

Au berceau nuptial je dirige ſes pas.

Son teint vif effaçoit les couleurs de l'aurore :

J'embraſſe avec tranſport la beauté que j'adore :

Pour hâter mes plaiſirs, la nuit couvre les champs :

L'hymen eſt célébré par vos céleſtes chants.

L'air juſqu'à nos échos en porte l'harmonie,

Le tendre Roſſignol y joint ſa mélodie,

Et les Zéphirs ravis plus amoureux des fleurs,

De la feuille agitée emportent les odeurs.

Envoyé du Très-Haut, je viens de vous décrire

Mon ſuprême bonheur dans ce terreſtre Empire;

La Nature infinie en ſa diverſité,

De mes ſoins curieux flatte l'activité;

Mais ces divers bienfaits dont j'ai la joüiſſance

N'uſurpent ſur mon cœur qu'une foible puiſſance,

Et près du ſeul objet d'où naiſſent mes plaiſirs,

Un feu ſecret ſans ceſſe enflamme mes déſirs.

Ma raiſon de mes ſens ne ſe rend plus maîtreſſe.

Ou j'ai pour ma compagne un excès de foibleſſe:

Ou ſa beauté préſente un attrait trop puiſſant;

Tant d'appas n'auroient-ils qu'un charme éblouïſſant?

Le Ciel pour les former affoiblit-il mon être?

Quel trouble me faifit en la voyant paraître ?
Ses confeils à mon gré plus juftes que les miens,
Contraignent mes défirs à fe foumettre aux fiens.
Je céde à fon pouvoir : près d'elle je m'oublie,
Et ma fageffe même a l'air de la folie.
L'Ange voyant Adam trop rempli de fes feux,
Calma par ce difcours fes tranfports amoureux :
Modère tes ardeurs : la beauté qui t'enflamme,
Doit regner fur ton cœur, fans affervir ton ame.
Tu fçais que fon pouvoir réfide en fes attraits :
Songe que ta raifon l'emporte fur fes traits ;
(L'eftime de foi-même eft fouvent néceffaire)
Mais conduis fans fierté l'objet qui veut te plaire ;
Dans fes regards le Ciel, pour combler ton bonheur,
Au pouvoir de leurs feux réunit la douceur,
Et lui fit des vertus dignes de ta tendreffe,
Crains à fes yeux perçans de montrer ta foibleffe ;
Pour lui faire eftimer les dons les plus parfaits,

Préfère ses vertus à ses brillans attraits ;

Aux douceurs de l'amour livre-toi sans allarmes :

Mais de la passion crains les dangereux charmes ;

Le véritable amour enflamme sans fureur ;

Il éclaire l'esprit ; il éléve le cœur :

Son feu pur par dégrés méne à l'amour céleste.

Fuis de la volupté l'enchantement funeste.

Adam s'excuse ainsi de ses ravissemens :

La douceur, la raison, les tendres sentimens,

De ma belle Compagne ennoblissent les graces :

Ces solides vertus m'entraînent sur ses traces :

Une union parfaite accorde nos esprits :

Du charme de mes sens ne soyez point surpris :

Ce sentiment vainqueur, loin d'avilir ma gloire,

Des faveurs du Très-Haut me remplit la mémoire ;

Je voudrois contempler son séjour bienheureux :

Pardonnez à mon cœur, s'il s'égare en ses vœux ;

L'amour pur , dites-vous, méne à l'amour suprême :

D'en connoître l'ardeur mon défir eft extrême.

Les céleftes Efprits aiment-ils comme nous?

Comment expriment-ils leurs tranfports les plus doux ?

Le front du Séraphin devint comme l'aurore :

Un feu plus vif , dit-il , fans tourment nous dévore.

Ne te fuffit-il pas de nous fçavoir heureux?

Il n'eft point de bonheur fans tranfports amoureux ;

Nos défirs immortels trouvent des joüiffances ,

Dans l'intime union de nos intelligences.

Ainfi dans ces vallons vous voyez les ruiffeaux ,

Se chercher dans leur cours , & confondre leurs eaux ,

Ou l'air fubtil fe joindre à l'air qui l'environne.

A d'éternels plaifirs notre ame s'abandonne.

Jamais il n'eft d'obftacle à nos tendres amours :

Mais le Soleil s'apprête à terminer fon cours ;

Il me fert de fignal : mon départ doit le fuivre :

En cet état heureux puisses-tu toujours vivre !

Aime Eve, mais surtout chéris le Créateur ;

Que les plaisirs des sens n'enivrent point ton cœur ;

Le sort du genre-humain dépend de ta prudence :

Souviens-toi d'observer la Loi d'obéissance.

A ces mots, Raphaël s'envole dans les Cieux :

Adam sous son berceau le suit encor des yeux.

Fin du quatriéme Chant.

CINQUIEME CHANT.

✱✱✱✱✱✱✱✱✱✱✱✱✱✱✱✱✱✱✱✱✱✱❖✱ ✱✱✱✱✱✱✱✱✱✱✱✱✱✱✱✱✱✱

ARGUMENT.

SATAN sans être apperçu par les Anges, revient pendant la nuit dans le Paradis Terrestre, il se cache sous la figure d'un Serpent. Adam & Eve reprennent leurs travaux. Adam vaincu par les instances d'Eve, consent qu'elle aille travailler loin de lui. Le Serpent la trouve seule, & lui persuade de manger du fruit défendu. Elle engage Adam à suivre son exemple; à l'instant leurs yeux sont ouverts : ils s'apperçoivent de leur nudité pour la premiere fois.

S

LE PARADIS
TERRESTRE.

CINQUIEME CHANT.

Hangez vos fons, ma Lyre, & vos tendres accords :

Pour des tons effrayans redoublez vos efforts.

De l'homme heureux, inftruit, vifité par les Anges,

Je ne dois plus ici célébrer les loüanges,

Ni les bienfaits de Dieu versés sur les humains.

Il faut de ces tableaux obscurcir les desseins ;

Représenter l'horreur d'un crime volontaire ;

Les élémens changés, le Ciel dans sa colère ;

Et le moment fatal qui livra l'Univers

A la mort, au péché, nés du sein des enfers.

Quels travaux pour mon sexe ennemi des allarmes ;

Foible, tremblant, formé pour l'amour & ses charmes !

Quoi ! je vais rappeller des maux causés par nous !

Belles, qui m'en blâmez, ayez moins de courroux :

Racontant les malheurs nés de votre imprudence,

Je montre de vos traits le charme & la puissance.

Les Peintres des fureurs d'Achille & de Turnus,

Des revers de Priam, & d'un fils de Vénus,

Ne tracérent jamais d'images si cruelles ;

Je marche après Milton en des routes nouvelles :

J'annonce du Très-Haut les arrêts menaçans :

Que ce sujet sublime éléve mes accens !

Le

Le globe du Soleil se replongeoit dans l'onde :

La nuit obscurcissoit la surface du monde,

Quand des remparts d'Eden banni par la terreur,

Sur les aîles du crime y revint l'Imposteur.

Il partit à l'instant où brillent les étoiles,

Suivit toujours la nuit à l'abri de ses voiles :

Pour tromper d'Uriel la prudence & les yeux,

En parcourant la terre, il fuit l'astre des Cieux.

Sous la forme des eaux par des routes nouvelles

D'un rocher dans Eden il jaillit avec elles,

Emprunte la souplesse & les traits du Serpent,

Et vers l'arbre de vie, il s'avance en rampant.

Dès que l'aube du jour en chassant la nuit sombre

Eut dessillé les yeux appesantis dans l'ombre ;

Viens, cher Epoux, dit Eve, & par nos doux travaux ;

Arrêtons le progrès de ces naissans ormeaux :

La fraîcheur d'une nuit rend nos soins inutiles :

A tracer des sentiers dans ces forêts fertiles,

F

Sans cesse réunis, nous travaillons en vain :

Pour fournir aux besoins d'un si vaste terrain,

Séparons-nous : tes mains formeront ce treillage,

Et du soin de ces fleurs, je ferai mon partage.

Un sourire, un coup d'œil, mille tendres propos,

Quand je suis près de toi, suspendent nos travaux,

Et nos jours sont trop courts employés dès l'aurore.

Sans nous décourager, compagne que j'adore,

De nos bois, dit Adam, facilitons l'accès,

Si nous ne pouvons seuls en retrancher l'excès ;

Le Très-Haut nous promet que des races nombreuses

Seconderont nos mains dans ces plaines heureuses ;

Mais du travail prescrit un ordre rigoureux

N'exclut point les discours, le sourire amoureux ;

L'homme seul en jouit, par ce charme s'enflamme

Le plus beau sentiment qui naisse dans notre ame.

Dieu veut que nos travaux servent à nos plaisirs ;

Uniffons à jamais nos foins, & nos défirs ;

Dans la chaleur du jour fur les bords du rivage

Occupons-nous enfemble à tailler ce bocage.

Si nos doux entretiens, l'aliment des Efprits,

Embarraffent tes fens de trop d'objets remplis ;

Je confens un moment à perdre ta préfence ;

La folitude plaît ; fouvent même l'abfence

Rend le cœur plus fenfible au charme du retour :

Mais déja ton départ allarme mon amour ;

Tu fçais qu'un ennemi veille pour nous furprendre ;

Contre lui réunis, veillons pour nous défendre ;

Refte près d'un Epoux le foutien de tes jours ;

Mon bras fera plus fort aidé de ton fecours :

Rendrois-je tes regards témoins de ma foibleffe ?

La même force en toi naîtroit de ta tendreffe ;

Tu craindrois que mes yeux te viffent fuccomber :

L'un par l'autre appuyés, nous ne pouvons tomber.

Rappelle-toi fouvent qu'il eft en ta puiffance

F ij

De tranfgreffer les loix de la divine effence ;
Peut-être l'ennemi te trouvant loin de moi ,
Tenteroit par fon art de furprendre ta foi ,
Ou de troubler nos feux dans fa fureur jaloufe.
Ces foupçons femblent vains aux yeux de fon époufe :
Les ris quittent fon front , & fa voix rend ces mots.

Au coucher du Soleil , à travers ces ormeaux ,
J'entendis Raphaël en partant vous inftruire
Des attentats d'un traître ardent à nous féduire.
Cet efprit inconnu cherchant l'obfcurité ,
Peut-il vous allarmer fur ma fidélité ?
Je fçai ce que je dois au Monarque fuprême ,
A fon ordre , à vos loix , à nos feux , à moi-même ,
Et ne redoute point cet ennemi jaloux.
Je connois fes deffeins : je braverai fes coups.
Vous craignez que fon art ne trompe ma foibleffe ;
J'ai pour me foutenir le Ciel & ma tendreffe ;

D'où naiffent vos foupçons? doutez-vous de ma foi?

Du Très-Haut, dit Adam, crains d'enfreindre la Loi:

Jamais par mes foupçons, je n'offenfai tes charmes;

Loin de moi, ton danger caufe feul mes allarmes :

Mais je voudrois envain t'arrêter fous mes yeux,

Ton efprit plus abfent feroit en d'autres lieux :

Va: fonge à conferver ta premiere innocence :

Dieu te combla de dons : redoute fa vengeance.

Il dit : Eve obftinée à fuivre fon deffein,

De la main d'un époux dégage alors fa main.

Tu te rends à mes vœux, Adam : je pars, dit-elle,

Mais je te rejoindrai fans que ta voix m'appelle.

Avant que le Soleil ait partagé ce jour,

Par tes confeils guidée, encor plus par l'amour,

Je ferai dans tes bras fous cet épais feuillage.

A l'inftant elle fuit comme un léger nuage.

Adam la fuit d'un œil ravi, mais inquiet :

Je t'attends, lui dit-il, crains l'ennemi secret :

Elle court, en disant, compte sur ma promesse.

Eloignement fatal ! ô source de tristesse !

Malheureuse Eve, hélas ! vainement ton amour,

Se flatte de joüir des douceurs du retour ;

Par des sentiers fleuris, tu cours au précipice :

Tu vas être livrée au plus noir artifice :

L'innocence & la Paix vont sortir de ton cœur.

Sous des traits déguisés l'infernal suborneur

Cherchoit depuis l'aurore en ce charmant Empire,

L'homme que sa fureur se promet de séduire,

Espérant en lui seul perdre tous les humains :

Pour hâter le succès de ses cruels desseins,

Il brûle de trouver Eve seule, égarée :

A l'instant il la voit de ses graces parée,

Au milieu des parfums seule à l'ombre des fleurs,

Attentive à régler l'ordre de leurs couleurs,

A foutenir leur tige encor foible & rampante,

Ignorant qu'elle même en fa beauté naiffante,

Eft proche de fa chûte, & loin de fon appui.

Le tentateur s'avance, & la fraude avec lui ;

Après un long circuit, il arrive au bocage,

Où l'époufe d'Adam s'occupoit fous l'ombrage,

Sa beauté le ravit : elle femble à fes yeux,

Rendre un nouvel éclat au charme de ces lieux :

Sa rage s'adoucit ; & fans haine il admire :

Mais fa fierté bientôt reprenant fon Empire,

Eh ! quel pouvoir, dit-il, a fur moi cet objet ?

Il retient ma colère, & fufpend mon projet ;

Mon cœur privé d'amour, de joie, & d'efpérance,

Doit n'avoir de plaifirs que ceux de la vengeance.

Ne pouvant me fouftraire à mon deftin affreux,

Pour adoucir mes maux, faifons des malheureux ;

Réduifons nos fureurs à l'art vil de féduire :

L'orgueilleux devient fouple en travaillant à nuire :

Eve feule s'expofe à recevoir mes traits.

Qui peut fans s'attendrir contempler tant d'attraits !

Moi feul, oui, la beauté, fource de mille allarmes,

A mon cœur outragé préfente en vain fes charmes :

A la haine donnons le mafque de l'amour.

Il dit : pour arriver, choififfant un détour,

Dans l'efpoir de fixer fur lui feul les yeux d'Eve,

Il s'approche en rampant, fe replie, & s'éléve.

Appliquée à choifir les fruits les plus flatteurs,

Elle n'apperçoit point fes replis féducteurs :

Il redouble fes foins, court, s'arrête, foupire,

Frappe enfin les regards de l'objet qui l'attire,

Et ravi du fuccès fait entendre ces mots :

Souveraine des Cieux, de la terre, & des eaux,

Sans furprife à ma voix daignez prêter l'oreille ;

De ces lieux vos appas font la feule merveille :

Tournez vers moi ces yeux dont les traits raviffans

M'entraînent fur vos pas, & regnent fur mes fens.

Beauté que la Nature avec plaifir vit naître,

Tout s'arrête en extafe en vous voyant paraître :

Mais ces êtres bornés ne peuvent difcerner

Les préfens dont le Ciel a voulu vous orner.

Un feul en fçait le prix : eft-ce affez d'un hommage ?

D'un Etre fi parfait l'unique & vrai partage,

Eft d'obtenir l'encens & les honneurs divins.

L'organe d'un ferpent rendant des fons humains,

Vous furprend, je le vois : fuivez-moi pour apprendre

Où j'ai puifé les fons que vous venez d'entendre.

Doüé du feul inftinct des autres animaux,

Errant fans réfléchir entre ces arbriffeaux,

Je cherchois l'aliment à mon goût convenable :

J'apperçois entre tous un arbre remarquable ;

Ses fruits charment les yeux par l'émail des couleurs,

Et répandent au loin les plus douces odeurs :

Sans ceffe à leur afpect je fens ma faim renaître :

Je m'élance sur l'arbre ardent à le connaître :

Enivré de ses dons, mes sens dans le moment

Eprouvent sans effort un subit changement ;

Mon être illuminé d'une plus pure essence,

Reçoit, entend, connoît la sublime science :

Ma voix rend la pensée offerte à mes Esprits ;

L'éclat de tant d'objets dont mes yeux sont surpris,

A votre aspect vainqueur me semble disparaître.

Vous trouvez mes regards trop importuns peut-être ;

Ah ! Recevez l'encens qu'on doit à la beauté.

En parlant, il l'entraîne à l'arbre redouté.

De plus vives couleurs ornent sa crête altiére ;

Ses tortueux replis répandent la lumiére :

A peine cache-t-il son espoir odieux.

Eve écoute, le suit ; avance dans les lieux,

Où déja l'imposteur brûle de la séduire :

Tels sont ces feux errans que dans l'ombre on voit luire;

Le voyageur trompé fe détourne, les fuit,
Et fe perd dans l'abîme où leur éclat conduit.

Cette Beauté crédule en proie à l'artifice,
Sans craindre d'y tomber, arrive au précipice,
Bientôt l'arbre fatal fe préfente à fes yeux :
Serpent, s'écria-t-elle, ah ! Fuyons de ces lieux.
Tous les biens & les maux s'y trouvent dans leur fource :
Vainement vers ces fruits tu diriges ma courfe :
Ils nous font interdits : ce font les feules loix
Que l'Etre Souverain nous dicta par fa voix :
Je meurs au même inftant, fi j'ofe les enfreindre.

Ah ! reprit l'impofteur, ceffez de vous contraindre :
Reine de l'Univers, craignez-vous de périr
Par des fruits deftinés à charmer, à nourrir ?
Vous me voyez vivant : j'en goûtai fans obftacles;
C'eft pour vous que le Ciel enfanta ces miracles;

Il doit vous admirer, si par un noble effort

Vous cherchez la science au mépris de la mort.

Par ce don si mes sens dégagés de leur chaîne

S'élévent au dégré de la raison humaine,

Vous obtiendrez par lui la sagesse des Dieux.

Que peut la mort sur vous? Vous priver de ces lieux?

On vous verroit bien-tôt regner dans l'Empirée.

Qu'elle horreur pour ces fruits vous est donc inspirée?

L'envie a défendu sans doute d'en goûter.

Le sçavoir seroit-il un don à redouter?

Nul injuste pouvoir ne sçauroit vous réduire

A vous priver d'un bien dont l'effet est d'instruire.

Sans balancer, Déesse, acceptez ces présens :

En éclairant l'esprit, ils enchantent les sens.

Il dit : & ce discours dicté par l'imposture,

Forme dans l'ame d'Eve une vive peinture.

Elle s'avance, hésite, admire, se repent,

Pense voir la Raison sous les traits du Serpent ;

La loüange long-tems murmure à ſes oreilles.

De l'arbre défendu contemplant les merveilles,

Dans ſes ardens déſirs, elle y fixe les yeux.

Que j'aſpire, dit-elle, à tes biens précieux !

Le Serpent vit encore, & rampe ſans malice.

Dois-je dans ſes conſeils redouter l'artifice ?

Il m'invite à chercher la gloire & les plaiſirs :

Qui peut dans ce projet contraindre mes déſirs ?

Poſſédons, ſans tarder, la ſuprême ſcience.

Jour affreux ! coup funeſte ! Eve ſans défiance

Goûte le fruit fatal ; tout en frémit d'horreur ;

Par des cris la nature annonça ſon malheur.

L'ennemi triomphant dans les bois prend la fuite.

La Mere des humains enivrée & ſéduite

S'écrie : ô fruit divin ! Mes eſprits enchantés ;

Des myſtères des Cieux conçoivent les beautés

Peut-être en cet inſtant devenue inviſible,

Aux yeux du Créateur je fuis inacceffible. .....

S'il pouvoit ignorer mon nouveau changement !.....

Mais Adam inquiet me cherche en ce moment ;

La fource de ma joie à fon ame inconnue ,

Doit-elle fe cacher , ou s'offrir à fa vûe ? .....

Sans partage gardons ma gloire & mon bonheur ;

Par-là j'égalerai les vertus de fon cœur ;

J'en mériterai mieux fa tendre complaifance.....

Je pourrois à mon tour le voir fous ma puiffance.....

Ah ! Tandis que mes fens goûtent ce doux tranfport ,

Si le Ciel irrité me préparoit la mort !

Mon époux obtiendroit une époufe nouvelle ;

Se feroit un bonheur de refpirer pour elle ,

Et je ne ferois plus ! Quel affreux avenir !

A mon fort , quel qu'il foit , Adam , je veux t'unir ;

Pour toi je fens renaître une fi vive flamme ,

Que la mort avec toi n'étonne point mon ame.

Sans ton amour , la vie eft pour moi le trépas.

Vers lui dans ce moment elle tourne ſes pas.

Hélas ! Il ſe flattoit dans ſon impatience,

De ſe dédommager des ennuis de l'abſence ;

Ses mains avoient formé des guirlandes de fleurs,

Pour couronner l'objet de ſes tendres ardeurs :

Mais ſon amour troublé de ſiniſtres préſages,

Souvent lui fait quitter l'abri de ſes ombrages.

Eve paroît : il vole au-devant de ſes pas ;

Dans ſa rougeur ſubite il lit ſon embarras :

Il voit entre ſes mains l'indice de ſon crime.

Elle apporte le fruit : ſon ivreſſe l'anime,

Et ſon eſprit fertile en diſcours enchanteurs

Ainſi de ſon retour excuſe les lenteurs.

De mon éloignement tu gémiſſois ſans doute ;

Que j'ai langui ſans toi ! Tu te plains, mais écoute ;

J'ignorois de l'amour le plus cruel tourment ;

De toi je ne veux plus m'abſenter un moment :

Tu vois l'objet flatteur qui m'avoit retenue ;

Le Serpent en prouva le pouvoir à ma vûe :
Il mangea de ce fruit, il vit, & fans efforts
De la raifon, fes fens acquirent les tréfors.
Par le même fecours, j'obtins les dons fuprêmes :
Reçois-les : que nos maux, nos plaifirs foient les mêmes ;
Si différents dégrés féparoient nos Efprits,
Mon cœur des plus grands biens cefferoit d'être épris.

A ce récit, Adam & gémit, & friffonne :
Il ne peut s'exprimer ; fa force l'abandonne ;
La guirlande qu'il tient s'échappe de fes mains :
Il voit tous fes malheurs écrits dans les deftins,
Et fa douleur enfin rompt ainfi le filence :

Toi qui fçais tout charmer par ta feule préfence,
Objet le plus parfait que le Ciel ait produit,
En quel gouffre de maux ton crime nous conduit !
Comment fans redouter la vengeance célefte,
As-tu fuivi l'appas d'un confeil fi funefte ?

J'y

J'y reconnois les traits d'un ennemi jaloux :

N'importe : à ton Deſtin joins le ſort d'un époux.

Tu m'apportes la mort : j'y vôle pour te ſuivre :

Le deſſein en eſt pris : pourrois-je te ſurvivre ?

Quel bien remplaceroit ta beauté , ton amour ?

Errant ſeul en ces lieux , je haïrois le jour :

Quand le Ciel m'offriroit une épouſe auſſi belle ,

Jamais à ſes appas je ne vivrois fidele :

Ton image toujours regneroit dans mon cœur :

Ton Etre pris du mien m'entraîne en ton malheur.

En te perdant , hélas ! je me perdrois moi-même.

Effort trop généreux ! Preuve d'amour extrême !

Quel triomphe , dit Eve , ô Ciel ! Quel doux tranſport !

Mon époux pour me ſuivre oſe braver la mort.

Il ſe réſoudroit même à partager un crime.

Ah ! s'il pouvoit un jour en être la victime ,

Je voudrois ſur moi ſeule en éprouver l'horreur.

Mais je viens avec toi partager mon bonheur.

Loin que ce fruit divin éteigne en moi la vie,

Il accroît les vertus de mon ame ravie :

Je puis t'en préfenter fans trembler fur ton fort :

Prens ce don : livre aux vents la crainte de la mort.

Elle embraffe à ces mots l'objet de fa tendreffe,

Verfe des pleurs de joie en voyant fa foibleffe,

Et pour récompenfer l'excès de fon ardeur,

Lui donne le poifon, fource de fon malheur ;

Il l'accepte, & connoît tous les maux qu'il s'apprête :

Aveuglé par l'amour, nul danger ne l'arrête.

De nouveau la Nature, & gémit, & trembla :

La terre en treffaillit : le Ciel s'en ébranla.

Adam n'entend plus rien : & fon cœur fans allarmes,

Eperdu, ne voit qu'Eve, & fes dons, & fes charmes.

Tous les deux enivrés & d'orgueil & d'amour,

Penfent déja joüir du célefte féjour.

Dans les tendres douceurs de leur chaîne fidelle,

La volupté fait naître une chaleur nouvelle :
Le trouble, les langueurs annoncent leurs désirs :
Leurs cœurs de l'innocence ont perdu les plaisirs :
Ce n'est plus cette Paix d'une ame satisfaite,
C'est une ardeur des sens emportée, inquiéte,
Qui désire sans cesse, & s'éteint dans ses feux.
Adam exprime ainsi son délire amoureux.

Chère épouse, ces fruits ont produit en mon ame
Une joie inconnue, une plus vive flamme.
Que de transports ardens manquoient à nos Amours !
Quels momens ! Joüissons du plus beau de nos jours.
Depuis l'heureux instant qui te donna naissance,
Jamais tes traits sur moi n'eurent tant de puissance ;
Tes graces à mes yeux ont de nouveaux appas.
Eve sourit, soupire, & vôle dans ses bras ;
D'un bocage de fleurs l'ombre odoriférante,
Couvre de leurs transports l'ivresse renaissante.

G ij

Sur les gâzons témoins de leurs brûlans soupirs,

Le calme du sommeil termine leurs plaisirs.

Quand le feu de leurs sens eut moins de violence,

Les songes ténébreux, fils de l'intempérance,

De leurs esprits troublés bannirent le sommeil :

Pour la premiére fois accablés au réveil,

L'un & l'autre surpris sur soi fixe la vûe :

Leur cœur est agité d'une honte inconnue :

La nudité les blesse, & leurs yeux éclairés

Apperçoivent l'erreur de leurs sens égarés;

L'innocence les fuit : le voile se déchire :

Sur un bonheur passé, leur ame envain soupire.

Pour eux un seul instant change tous les objets.

Les sombres passions, le trouble, les regrets,

Des reproches cruels aigrissent leurs allarmes :

Leurs yeux sont obscurcis par des torrents de larmes,

Et déja la raison ne régle plus leurs sens.

Le silence succéde à des gémissemens;

A leurs propres regards ils veulent se souftraire :

Et fuyant de concert dans un bois solitaire,

Ils cherchent à l'envi des feuillages épais,

Qui de la nudité leur dérobent les traits ;

Ils voilent les dehors : mais la honte cruelle

En leur sein criminel vit & se renouvelle.

Fin du cinquième Chant.

G iij

SIXIEME CHANT.

✳✳✳✳✳✳✳✳✳✳✳✳✳✳✳✳✳✳✳✳✳✳ ✳✳✳✳✳✳✳✳✳✳✳✳✳✳✳✳✳✳✳

ARGUMENT.

DIEU connoissant le succès de Satan, & la désobéissance de l'Homme, lui fait entendre son Arrêt & celui du Serpent, qu'il replonge dans l'abîme. Il ordonne aux Anges de faire diverses altérations dans l'ordre des élémens. Adam consterné du changement de son état, s'abandonne à la douleur. Il rejette les consolations d'Eve : elle le calme enfin. Ils unissent leurs prières pour appaiser le Ciel. Michel leur annonce que le moment de leur mort est différé, mais qu'ils sont bannis pour jamais du Paradis Terrestre. Regrets d'Eve. Michel l'endort, & pendant son sommeil découvre à Adam dans une vision les différens climats de la terre, & les maux de sa postérité. Il lui enseigne les moyens de les éviter, & le console par la promesse du Messie, qui réparera les désordres que le péché a causés dans le monde. Eve s'éveille : Michel la conduit avec Adam hors du Paradis.

LE PARADIS
TERRESTRE.

SIXIEME CHANT.

IEN ne peut échapper aux yeux de l'Eternel.

Il voit du Tentateur le succès criminel,

Et l'homme perverti par un noir artifice.

Sa clémence cédant aux loix de sa justice,

Il le livre à la mort, & fa voix dans les airs,
En prononçant ces mots ébranle l'Univers.

Eve, tu dois porter la peine de ton crime,
Des fils qui te naîtront, tu feras la victime :
Tu verferas des pleurs, en leur donnant le jour.
Adam, pour avoir crû les confeils de l'amour,
Tes defcendans & toi, de l'avare nature,
N'arracheront les dons qu'à force de culture ;
La douleur, le travail t'améneront la mort.
J'ai maudit le Serpent ; il fuit en vain fon fort :
Je le livre aux remords plus cruels que la foudre.

Sans redouter la main qui peut le mettre en poudre,
L'Impofteur joüiffoit d'un triomphe odieux :
Il apprend fon arrêt prononcé dans les Cieux,
Et le fort des humains devenus fes victimes.

Bientôt la voix de Dieu le replonge aux abîmes,

La mort & le péché ſes fidéles ſujets,

Accourent ſur ſes pas pour ſervir ſes projets.

Retournez, leur dit-il, joüir de ma conquête :

Détruiſez, dévorez : que rien ne vous arrête :

Rempliſſez l'Univers d'épouvante & de pleurs ;

Le tems qui détruit tout, nourrira vos fureurs ;

Regnez, ſervez ma haine en ce terreſtre monde,

Tandis que viſitant ma retraite profonde,

Par le brillant ſuccès de mes ſoins glorieux,

Je porterai la joie en ces lugubres lieux.

Il y vole à ces mots, & revoit ſon Empire :

L'Enfer depuis long-tems pour ſon retour ſoupire :

Il y paroît traîné ſur un char triomphant.

L'abîme l'applaudit par un bruit effrayant.

Eſprits, dit-il, regnez, joüiſſez de ma gloire ;

Je conduirai vos pas aux lieux de ma victoire :

Par moi la race humaine eſt livrée à vos coups.

Dieu se rit des complots de l'Ennemi jaloux :

Il sçait à quel dégré l'infernale puissance,

Doit sur le genre-humain étendre sa vengeance,

Et que l'homme né libre, en peut braver les traits :

Mais Adam doit sentir le poids de ses forfaits,

Déja du Roi des Cieux les fidéles Ministres

Placent au Firmament divers signes sinistres.

Le Soleil incliné, par son oblique cours,

Change l'air, les saisons, l'égalité des jours ;

Le tonnerre, les vents épouvantent la terre ;

L'homme & les animaux se déclarent la guerre.

Au châtiment cruel dont il ressent les coups

Adam du Ciel vengeur reconnoît le courroux ;

Déja le froid, la faim augmentent son martyre :

Pour sa postérité son cœur tremble & soupire,

Au plus vif désespoir se livrant sur son sort,

Par d'inutiles cris il invoque la mort.

Cédres, s'écrioit-il, cachez-moi, sous vos ombres !

Rochers, renfermez-moi dans vos cavernes sombres !

Epargnez à mes yeux la clarté du Soleil :

Dieu puissant, plongez-les dans l'éternel sommeil.

De l'Univers ta vûe embrasse la carriére,

Comment m'exposerai-je aux traits de ta lumiére ?

Averti du danger, je bravai le destin ;

Le remords fils du crime est vivant dans mon sein.

Quoi ! le monde en naissant est prêt à se détruire !

Les animaux cruels méprisent mon Empire !

Tout est changé pour moi : l'objet de mon amour,

Jadis de mon bonheur, est ma perte en ce jour.

Les bois qui résonnoient aux sons de ma voix tendre,

N'ont plus que des soupirs, des sanglots à me rendre :

La nuit la plus obscure est témoin de mes pleurs.

Par les échos plaintifs, Eve apprend ces douleurs ;

Elle approche en tremblant, & croit par sa présence,

Des tourmens d'un époux calmer la violence.

Il rejette ses soins par ces sévères mots.

Cruelle, éloigne-toi, source de tous mes maux :

Pourquoi sous tant d'attraits, l'Auteur de la Nature

Cacha-t-il les erreurs d'un cœur foible & parjure?

Rebelle à mes conseils, tu crus le séducteur ;

Devois-je partager ton crime & ton malheur?

Tes dangereux appas surprirent ma foiblesse ;

Fuis mes yeux détrompés, perfide enchanteresse.

Hélas! j'estimai trop tes dons & tes vertus.

Il dit : Eve troublée, & les sens abatus,

Embrasse ses genoux, & les baigne de larmes.

Ta douleur, répond-elle, augmente mes allarmes ;

Foible dans le danger, sourde à tes volontés,

Ces reproches cruels, je les ai mérités ;

Mais dois-tu par la haine accabler ma tendresse?

Mon amour ne peut-il diffiper ta triftesse ?

Le crime en fe cachant fous un dehors trompeur

A fait de mon efprit l'involontaire erreur.

Ne m'abandonne pas à ma douleur extrême :

Adoucis tes regards pour un autre toi-même ;

Nos forfaits font égaux : nous frémiffons tous deux :

Mais mon cœur plus coupable eft le plus malheureux.

De mon époux, de Dieu j'irrite la colère :

J'oferai vers fon Thrône élever ma priére,

Il fçait que tes malheurs prirent leur fource en moi,

Que la foudre m'écrafe, & s'éloigne de toi.

Peut-être n'ai-je plus qu'un feul inftant à vivre !

Si tu me fuis, hélas ! quel parti dois-je fuivre ?

Paffons du moins en paix de fi cruels momens :

Joignons notre infortune, & nos gémiffemens.

Tu parois attendri : je reprends l'efpérance :

Je fçai combien tu dois craindre mon imprudence,

Ton cœur de mes confeils éprouva le danger :

N'importe : à t'en donner, j'ofe encor m'engager.

Je cherche à te calmer dans ton incertitude,

Du deftin de tes fils naît ton inquiétude ;

Tu crois déja les voir enlevés par la mort.

Tentons pour la tromper un généreux effort ;

Qu'ils foient toujours à naître, & que fa main perfide

Répande fur nous feuls fon poifon homicide.

En prévenant fes coups, calmons notre douleur...

Ce parti, je le vois, épouvante ton cœur...

Inutiles projets ! tes défirs, ma tendreffe,

Pourroient-ils fans efpoir languir dans leur ivreffe ?

Supplice pour tous deux plus cruel que la mort !

Non : par nos mains plûtôt terminons notre fort ;

Qui peut nous arrêter ? abrégeons tant d'allarmes.

Ces mots entrecoupés s'étouffent dans fes larmes ;

Profternée, immobile & friffonnant d'effroi,

De fon maître elle attend les confeils & la loi.

    Défarmé par fes pleurs, fon époux la reléve.

Tu me perces le cœur : viens dans mes bras, chère Eve :

Vivons unis, dit-il; viens, ne confumons plus

Le moment qui nous refte en regrets fuperflus.

Ton crime m'a perdu : ton repentir l'efface;

Quitte le noir projet d'éteindre en toi ta race;

Ce mépris de la vie, & de tous les plaifirs

Vient d'un orgueil fecret qui flatte tes défirs;

Il te paroît l'effort d'une ame magnanime :

Aux regards de ton Dieu ce défir eft un crime

Qui prouve ta foiblefle, & dégrade ta foi.

Du fage Créateur accompliffons la loi :

Il voulut que l'hymen en refferrant nos chaînes,

Augmentât nos plaifirs, & modérât nos peines.

Oui : la ftérilité s'oppofe à fes arrêts,

Et nos fils malheureux font nés dans fes décrets.

Sur moi feul que ne puis-je attirer la tempête !

Aux coups du Ciel pour toi j'irois offrir ma tête,

L'attendrir, t'excufer fur ta fragilité.

Profternons-nous aux pieds de ce Pere irrité.

Nos fincères regrets toucheront fa clémence ;

Ses regards en tous lieux répandent l'efpérance.

Au même inftant vers Dieu s'élancent leurs accens :

Et leurs vœux réunis tranfportés par les vents

S'élévent jufqu'aux Cieux, en pénétrent la voute.

D'Eden, dit le Très-Haut, Michel, fuivez la route :

J'éloignerai le coup d'un arrêt mérité :

Le repentir de l'homme a touché ma bonté ;

Mais il fera banni de cet heureux afyle.

Ses defcendans privés d'un féjour fi tranquille

Par un chemin pénible iront tous à la mort ;

Qu'Adam fçache de vous mes décrets & leur fort.

L'Ange inftruit des deftins s'envole avec l'aurore ;

Le premier des mortels dont l'efpoir vit encore,

Reçoit

Reçoit avec tranfport cet être radieux ;
Il apprend par fa voix que le Maître des Cieux
Sufpend le coup fatal qui doit trancher fa vie,
Mais qu'un tiffu de maux dont fa trame eft remplie,
Le bannit à jamais de ce féjour charmant.
La douleur le faifit en cet affreux moment :
Eve défefpérée en ces termes s'exprime :

De mon fort fans frémir, je ne puis voir l'abîme ;
J'efpérois en ces lieux finir mes triftes jours :
On m'en bannit : pourquoi prolonge-t-on leur cours ?
Bois qui m'avez vû naître, agréable prairie,
Toi berceau nuptial, ombre que j'ai chérie,
Echos qui m'entendiez inftruits par les Zéphirs,
Pour la derniére fois rendez-vous mes foupirs ?
Fleurs, ne verrai-je plus vos couleurs éclatantes ?
Quelles mains foutiendront vos tiges languiffantes ?
Tribut de mes travaux, lieux chers à mes amours,

H

Faut-il de vos attraits m'éloigner pour toujours ?
Comment pourrai-je vivre en un climat fauvage,
En proie à la douleur, aux remords, à la rage?

L'Ange arrête le cours d'un fi jufte courroux :
Tu ne perds rien, dit-il : il te refte un époux ;
Il guidera tes pas aux lieux où tu dois vivre :
Quitte fans défefpoir ce féjour pour le fuivre.
Adam, pourfuivit-il, rappelle ici tes fens,
Je dois de l'avenir te dévoiler les tems :
De folles paffions vois ta race enivrée.
Tandis qu'Eve au fommeil par mes foins eft livrée,
Eloignons-nous, montons fur ce roc efcarpé.
Le Pere des humains de regrets occupé
Suit le guide Divin : à fes yeux la Nature
Offre tous les climats, & la race future.
De l'Africain farouche il voit les champs brûlés,
Les bords Américains par le fer défolés,

L'Afiatique en proie au luxe, à la molleffe,

L'Europe abandonnée à la guerriére ivreffe :

Partout il voit voler le Démon des combats,

Et les mortels armés tourner contr'eux leurs bras :

L'avarice, l'orgueil, l'ambition, l'envie,

Des concurrens jaloux exciter la furie :

Souvent même à la haine entraînés par l'amour,

Devenir plus ardens à fe priver du jour :

Sur fes rivaux détruits chacun fonder fa gloire :

Dans le meurtre & le fang tous chercher la victoire.

Plus loin dans des Cités les feftins & les jeux,

Des nombreux habitans femblent combler les vœux ;

Mais la guerre inteftine en fa fougueufe rage,

A ce calme apparent fait fuccéder l'orage.

Ces Temples, ces Palais élevés par l'orgueil,

De leur Maître en tombant deviennent le cercueil.

Dans l'ardeur d'un faux zéle ou de l'idolâtrie,

L'un à fes Dieux s'immole, & l'autre à fa Patrie,

H ij

Adam fuit ce spectacle, & l'œil baigné de pleurs,
De ses fils à venir déplore les malheurs.

Faut-il qu'à ces cruels je donne la naissance !
Que n'ai-je sur leur sort resté dans l'ignorance !
Mon ame n'auroit pas à gémir en un jour,
Des forfaits que les ans produiront tour à tour.
En prévoyant ces maux j'avance mon martyre :
A sçavoir l'avenir sans prudence on aspire :
Son aspect nous prépare à des tourmens cruels,
Dont la crainte déja nous fait des maux réels.
Terrible vision ! race trop ennemie !
Plût au Ciel qu'en naissant vous perdissiez la vie !
Il dit : d'autres objets affligent ses regards ;
Mille maux différens volent de toutes parts ;
L'un périt à l'instant par la douleur aigue :
L'autre boit à longs traits le poison qui le tue,
Et la fiévre en fureur dans ses livides bras,

Enléve les mortels, & les livre au trépas.

O Mort, s'écria-t-il, frappé de cette image,

Si je tremble aujourd'hui lorsque je t'envisage,

Pourrai-je supporter la rigueur de tes coups?

Envoyé du Très-Haut, par des sentiers plus doux

Ne peut-on arriver au terme de la vie?

Autant tu vois d'écueils sur les mers en furie,

D'insectes voltiger sur la face des eaux,

Autant la race humaine éprouvera de maux:

Mille piéges cachés, poursuit l'Esprit Céleste,

Avanceront la fin de son destin funeste.

L'air, l'eau, le fer, le feu termineront ses jours:

Surtout l'intempérance abbrégera leur cours.

Ce monstre insatiable ami de la paresse,

Cherchera le bonheur dans le sein de l'ivresse.

L'abondance bientôt détruira les plaisirs,

Et les sens émoussés languiront sans désirs;

H iij

De là naîtront les maux dont l'image terrible
Pour tant d'infortunés te rend déja fensible.
Telle fera l'erreur des avares humains ;
En des gouffres cherchant des tréfors incertains,
Ils trouveront leur fin dans un air homicide.
Veux-tu de la douleur fuir l'atteinte perfide ?
Vis dans la tempérance, & ne mets point tes foins
A te multiplier des goûts & des befoins.
Sous de ruftiques toits en des travaux utiles,
Tu trouveras la Paix & les plaifirs tranquilles :
De la frugalité naîtra le vrai bonheur :
Crains l'excès, la molleffe, & le luxe enchanteur :
Des loix de la Nature écoutant la fageffe,
Tu verras à pas lents arriver la vieilleffe ;
Ses coups fans t'accabler affoibliront tes fens,
Et pour toi les plaifirs deviendront languiffans :
Ce pénible paffage eft un mal néceffaire ;
La vie en cet état ceffera de te plaire ;

Alors comme un fruit mûr détaché fans efforts,
De tes membres ufés perdant tous les refforts,
Soudain tu rentreras dans le fein de ta mere.

Inftruit par vos confeils, reprit le premier Pere,
J'entrevois fans frémir le terme de mes jours.
Je vais par la fageffe en adoucir le cours.
Dans mon ame déja je fens la Paix renaître.
Pénétré de refpect pour le fouverain Etre,
J'attends de fa bonté qu'il abbrége mon fort.

Tu ne dois défirer, ni redouter la mort:
C'eft le Port, dit l'Archange, où finiront tes peines;
Souffre fans murmurer & la vie & fes chaînes,
Pour ta poftérité par un excès d'amour,
Le Fils du Dieu vivant doit s'immoler un jour,
Le courroux de fon Pere exige une victime:
Il viendra par fon Sang te laver de ton crime,

Eclairer les Sçavans par ſes Lóix confondus :

De ſes enfans chéris animer les vertus ;

D'une nouvelle vie obtenant le partage ,

Le Ciel après la mort ſera leur héritage ,

Et Satan dépouillé d'un pouvoir criminel ,

Expiera ſes forfaits dans le gouffre éternel.

Par l'eſpoir conſolant des divines merveilles ,

Dont en partant , ma voix enchante tes oreilles ,

Supporte tes malheurs , modère tes regrets :

N'eſpère point des Cieux pénétrer les décrets ;

Dans la ſeule vertu tu trouveras des charmes.

Eve dans ton exil doit eſſuyer tes larmes :

Elle accourt , avançons ; par des ſonges flatteurs ,

De ſes ſens agités j'ai calmé les frayeurs :

Son ame aura repris une force nouvelle.

Graces au doux ſommeil , ah ! cher époux , dit-elle ,

La fuite de nos maux me caufe moins d'effroi :

En ces lieux enchantés que ferois-je fans toi ?

J'ai caufé tes malheurs : je veux par ma tendreffe

Des plus affreux climats t'adoucir la trifteffe :

Avec toi tranfportée au milieu des déferts,

Je croirai voir Eden au bout de l'Univers.

L'Ange de leur départ précipite enfin l'heure,

Les conduit aux confins de l'heureufe demeure :

Sur leurs pas pour toujours en ferme les remparts,

Et devient invifible à leurs triftes regards.

Fin du fixiéme & dernier Chant.

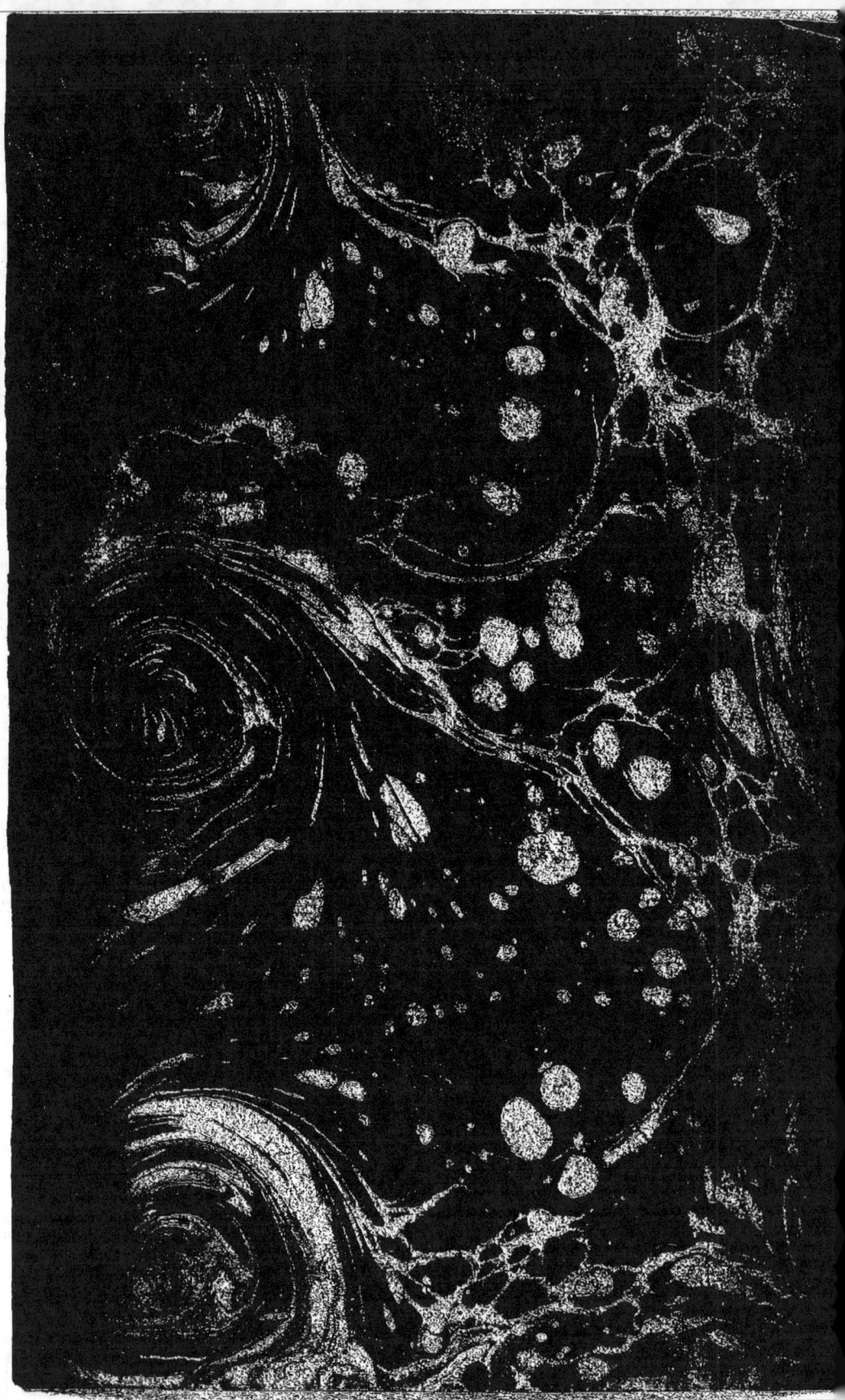

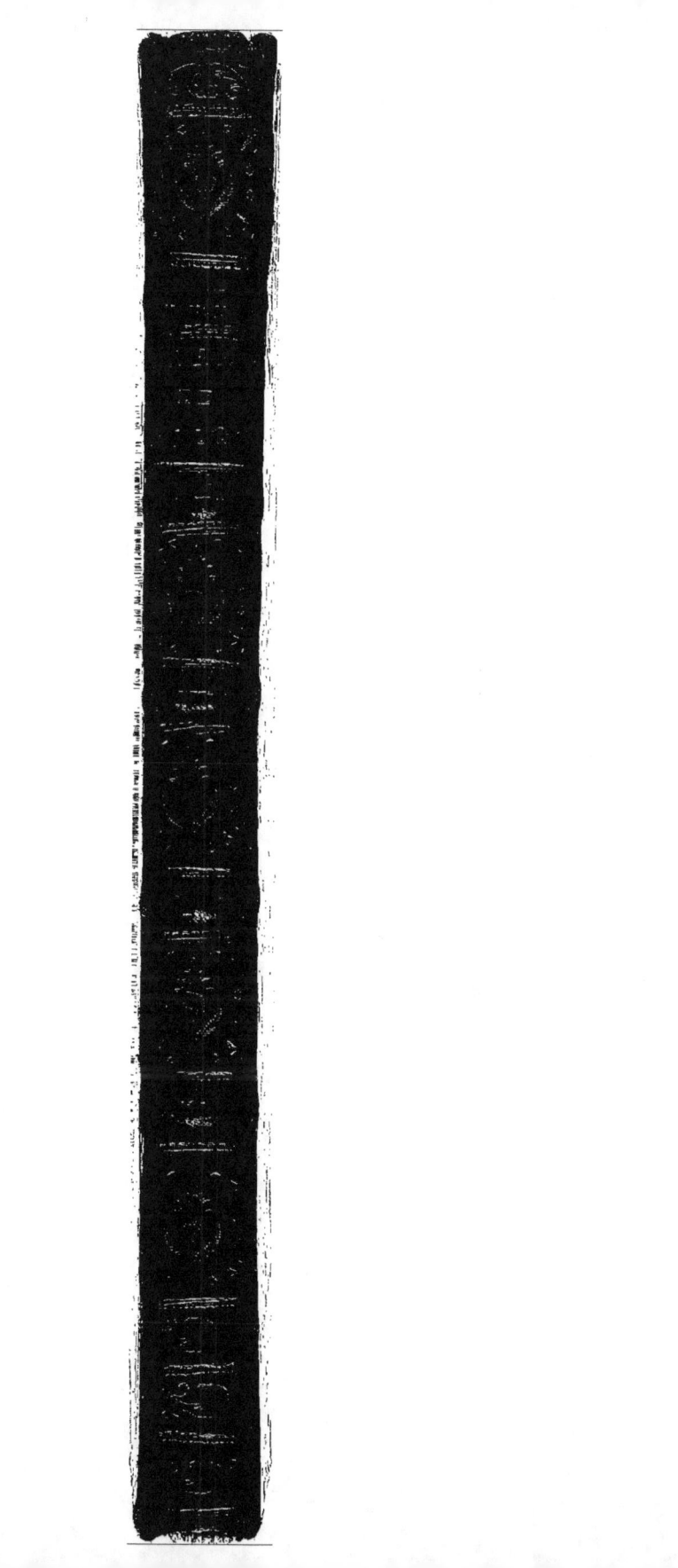

www.ingramcontent.com/pod-product-compliance
Lightning Source LLC
Chambersburg PA
CBHW070802280626
47162CB00016B/1591